ハヤカワ演劇文庫
〈49〉

秋元松代
I

常陸坊海尊
近松心中物語
元禄港歌

MATSUYO AKIMOTO

目次

秋元松代Ｉ

常陸坊海尊

近松心中物語

元禄港歌

常陸坊海尊

遠き国人のいふことの中にはおもしろきことぞまじれる　本居宣長

登場人物

おばば
雪乃
登仙坊玄卓（山伏）
先生
寿屋
安田啓太（その少年時代）
伊藤豊（その少年時代）
秀光
役場
親方
あっぱ
だんな
第一の海尊
第二の海尊
第三の海尊
虎御前
少将
若い男 1
〃 2
男 1
〃 2
巫女の少女
女ガイド
観光客たち
少年 正男
〃 勇一

第一幕

（その一）

まっ暗な山の中。

十月の夜。

杉の深い木立が背後にそそり立って、昇りかけた月の光をさえぎっている。

谷川の水音と風の音が聞える。

…………

遠くから人の呼び声がする。山に反響してよく聞きとれないが、誰かを探している呼び声である。

…………

草むらのかげから黒い小さな影が二つ動く。じっと背をちぢめている小動物のようである。

…………
二人連れらしい呼び声が近づく。
やすだあ――、いとおお――。

…………
叢の蔭から、黒い小さな影が、杉木立の中へ駆けこむ。また一人、あとを追って闇に消える。

…………
懐中電灯と提灯を持った二人連れ。戦闘帽にゲートル巻きの先生と着物の裾をからげた寿屋の主人がくる。

先生　伊藤お――、安田あ――。
寿屋　叱《すか》らねえがら、おるなら出てこおい！　――出てこおい！
先生　伊藤お！　――、安田あ！　――。
寿屋　――どごさ行ったすかなァ。
先生　実際、仕様がないなァ。まったく世話がやけてかなわんですよ。

寿屋　先生もラクでねえすな。
先生　ラクじゃないですよ。僕だって、東京に妻子を残して来ているんだからね。家族の安否も気がかりだし、ここ一ヵ月あまり、東京からの連絡はぷっつり切れて、あっ！（靴の紐が切れる）――ことぶきさん。灯りを見せて下さい。
寿屋　どうすなすったす。
先生　靴の紐がないという時勢ですからね。（なおし始める）
寿屋　まったくす。けど先生。よっぽどはァ、東京はひでえことやられとるようすな。
先生　らしいね。一度みに行きたいとは思うけど――東北本線は乗れるとききましたがね。
寿屋　さあどうだべか――。
先生　僕が、ついかっとして殴ったもんだから――安田という子供はどうしてああ、度々おねしょをするのかなァ。五年生にもなって。
寿屋　わらしのうちは、すかたねえす。
先生　伊藤まで一緒にこういう面倒を起こすんだから、実際――。どうもありがとう。
寿屋　なら出かけるすか。
先生　（うんざりして）このさきはどこになるんです。僕は心臓弁膜症があるんでねえ、急な山道は体によくないんですよ。
寿屋　こっから先《さ》きはへえ、大したこたァねえすよ。三里ぐれえで奥沢ちゅう部落へ出るす。
先生　三里——。子供の足でそんなところまで行ったと思えないなァ。これだけ探しても見つからないいんだから、山へ逃げこんだんじゃないかも知れない。
寿屋　けど先生。わすらにゃ責任あるすよ。わすも疎開っ子をば預ったことぶき屋の主人でがす。探すだけゃへえ、探さにゃならねえす。
先生　（勇気を起こして）それはそうだ。その通りだ。いまの日本にとって、子供は人的資源ですからねえ。この苦しみも国家のためと思えば——。
寿屋　豊さんよう！　——。啓太さんよう——。（去る）
先生　伊藤お！　——、安田あ！　——。（去る）

…………

木立の闇から、這うように小さな影が出てくる。先生たちの去った反対の方へ逃げ出すつもりらしい。

豊　（そっと）安田君！　はやく！

　　黒い影がもう一人、這い出してくる。

啓太　（泣き声で）伊藤君。ぼく、腹がいたい――。

豊　よせよう！　ばか！

啓太　ぼく、東京へかえりたい――お母さあん――。

豊　ばか、よせったら――。

　　二人、しゃがんだまま、途方にくれている。啓太、しくしく泣く。どこから走ってきたのか、雪乃、十歳くらいにも見え、十四、五歳かとも思われる少女。ひらっと二人のそばへくる。

雪乃　こおれ――お前ら疎開もんじゃろ。

二人　（おどろいてみつめる）

雪乃　迷い子さ、なったんじゃな。腹をばすかすとるんじゃろ。（笑う）ならば、海尊さまを呼んだらええ。さあ、呼んでみれ！　呼んでみれてば。かいそんさまあ！

と言うんじゃ。

二人　――かいそんさまあ！

雪乃　（笑う）よす。それでよす。ならばおらが、にぎりめすをば持ってきてやるけえ、待ってろや。そのくらがりさ、へえって待つんじゃ。

二人、あとずさりしながら木立の闇に入る。

雪乃　ふん！　おとなすく待っとれや――。（走り去る）

谷川のひびき。月が昇ってくる。

ほう！　ほう！　とふくろうが啼く。

その声に合わせ、いい、いたこのおばばがくる。

おばば　ほう！　ほう！　ほ、ほう！　――ほう！　ほう！　ほ、ほう！　やあれ、どこぞで誰かが、海尊さまのお名をば呼《よ》ばったようじゃったが――わすの空耳かのう。

ふくろうめが呼ばったのかも知《す》れん。あの通り海尊さまのお月さんがのぼりよる晩じゃけえ、鳥けものにすてからが、海尊さまをば懐《なつか》すむが当然じゃ。ほう、昇りよる、昇りよる。海尊さまが初めてわすの前《めえ》へ現れなさった晩と同じじゃ。——「さても武蔵坊弁慶がその日の装束《そうぞく》は、黒革縅《くろかわおどす》のよろいに黄なる蝶を二つ三つ打ちつけたるを着《き》て、大薙刀《おおなぎなた》の真ん中にぎり、片岡の八郎、鈴木の兄弟、鷲尾《わしお》の三郎、増尾《ましお》の十郎、伊勢の三郎、備前の平四郎、以上の七騎を従えたり。すかるに常陸坊海尊を初めとすて残り十一人の者ども、判官《ほうがん》義経公を見限り奉りて、

登仙坊　（声を合わせる）平泉の御館《おんやかた》を見捨て、いずくともなく逃げ失せにけり、いずくともなく逃げ失せにけり。」

くら闇から山伏、登仙坊、出てくる。

登仙坊　おばば。お久すう。すばらくおばばの声を聞かざったのう。懐《なつか》すいす。変りもなかじゃったすか。

おばば　（憎々しく）聞かざったのう、じゃって？　懐すいもないもんじゃ。もうはやとうに来ねばならんものが、お久すうもないもんじゃ。鈍なことをば言いよる山伏

　なんど見たぐもねえ。

登仙坊　おばば。会う早々から挨拶じゃのう。お山へおこもりばしておる時に、風邪ばひきよって（咳）それでつい遅うなったす。機嫌なおしてけれ。

おばば　風邪ひいたと？　ふん！　信心が足らん証拠す。修行のなまくらな証拠す。それでま、えぐもえぐも、海尊さまのお弟子筋のような顔が出来るもんじゃのう。

登仙坊　あんたにはかなわんわ。これでもわすは夜道をかけて来たのす。ちいっとは優しうしてくれるもんじゃがなあ。

おばば　土産ば出しなされ。土産は何と何がや。ううん？

登仙坊　ま、ま、家へ行ってがらでよかろうに。あんたの好きそうなもんは買いたす、銭《じぇ》んこは足らんすなあ。そんでもわすの真心は汲んでもれえてえす。

おばば　まごころじゃ？　わすはそんなもんはいらん。銭んこ持っていねば泊めてはやらんど。

登仙坊　ま、ま、わけをば聞いてけれや。近頃のように戦争がひどうになると、わすのような山伏修験道は、まるでお布施ががた落ちでのう。米は配給じゃす、麦は統制じゃす、行《え》ぐさき、行《え》ぐさき、芋ばし食うておる始末じゃった。

おばば　なるほど言われてみりゃ、あんたの顔は芋にえっぐ似てきたす。見たくもね

登仙坊　え！　そんな精の抜けた芋づらで、えぐもえぐもわすの前《めえ》へ出られたもんよのう。
おばば。そら愛想づかすというもんじゃ。わすらの仲はそんなものではなかざったでや。
おばば　ふん！　町さ降りて、銭んこばためたら戻ってきなされ。すたら考えなおさんでもねえす。ほう！　せっかくのお月さんが曇りよるわ。芋くせえ山伏の現われたせいじゃ。いまいますい！　（去って行く）
登仙坊　おばば――（泣き声で）おばばよう。そらァ、あんまり薄情な仕打ちでねえすか！　情けねえ。どうすたらええべ。（切株へこしをおろす）海尊さま！　どうすたもんでがんしょう。わすに智慧をば授けてもれえてえす。

木立の闇でがさがさと動く気配。登仙坊ききつけて耳をすます。

登仙坊　これっ！　誰じゃ！

少年たちのわっと叫びながら逃げ出す物音。登仙坊、とびかかって、両手で少年たちの首筋をつかんで引き出してくる。

登仙坊　こおれ。お前らはどこのわらしじゃ。いたずらもんめが！　この夜の山中をなんでうろうろしとるんじゃ。顔をばみせい。（代る代るのぞいて）ふうん。お前らは東京もんじゃな。山家《やまが》のわらしではねえわ。ははあ、分ったど。いま通ってきた麓の温泉宿で、疎開っ子とやらが迷子になったと騒いでおったが——まんず、お前らがそのわらしに相違ねえべ。こおれ、そうだべ。——うん！　こらァ、ええことば考えついたど！　お前らを宿さ送りとどけてやっがらな。けど、お礼ばもらうためではねえど。さ、行ぐべ。行ぐべ。
豊　いやだ！　かいそんさまを待ってるんだ。
啓太　かいそんさまあ！
登仙坊　なんじゃと。お前らは海尊さまに会うたとか？
二人　（首を抑えつけられたまま、うなずく）
登仙坊　そらァどんなお人じゃった。さあ言え！
啓太　（苦しく）女の子だ。
豊　（おなじく）きれいな女の子だ。
登仙坊　——（笑う）そらァ雪乃じゃ。お前ら雪乃を待っておったがや。（笑う）ならばのう、銭んこを持ってこいや。（二人の首を抑えたまま歩き出す）すたらいつでも会わるるど。さあ、さあ！　確《す》っかり歩くべっしゃ。

（暗転）

（その二）

山陰のおばばの家。
人里を離れたあばら家で、神棚が目立つほかは何もない。
前庭に木の実をひろげたムシロ。
柿や大根が干してある。
夕方近い赤い陽ざし。
軒先きに立っているおばば。
庭に、戦闘帽の工員らしい若い男が二人。それぞれ手籠に松茸を入れている。

おばば　なんじゃってえ！　わすの占いが当らんじゃったと？　わすの占いのどこがどうだと言うんじゃい！

若い男1　まるっきり当っておらんからよ。まちがいばっかりじゃ。
若い男2　そだそだ。みいんなはずれとるわ。それでお布施をもらって行きよるのは、騙《かた》りと同じこったべ。そんでもお前はいたこかい。
若い男1　そんだとも。詐欺でねえか。詐欺だべ。銭んこやって損ばすた。
若い男2　返すてもらうべと思ってはあ、掛け合いに来たんじゃ。
おばば　こおれ！　なんじゃ？　お布施ば出すたと？　お前さんらは銭んこせえ出せばええと思うとるのかい。占いというもんはのう、頼むほうも頼まれるほうも、心のまことが一つにならねば、神様はお下りなさらんのじゃ。当る占いがすてもれえてえならば、もう一度はあ、心を入れけえて来なせえ。何んじゃ、工場をば休んでからに松茸さとりに山さ入《へ》えって、そのついでに神様さ訪ねて来たんじゃろ。
若い男たち　（籠をかくす）
おばば　（笑う）そらァえぐねえ心だ。お前さんらの心次第で、わすのとごさ来れば浮世の苦労は忘れるす。つれえことや悲すいことがあったら、海尊さまを願うんじゃ。すたらこの世は極楽になるすよ。じゃ、またそのうち会うべ。さいなら――。（籠を肩にして去る）
若い男1　なんと厚かますいばばさんだべ。

若い男２　わざわざ寄り道すて損すたでねえか。
若い男１　けえるべ。
　　雪乃、木の実を拾い集めた袋を肩に戻って来る。
　　男たち、好奇心をあらわにじろじろ見る。
若い男２　姉ちゃ。おめえいくつになった。お前《めえ》のお父《ど》うはどごさおるんじゃ、うん？
若い男１　やめれって──あんなわらすっ子かまっても仕方ねえべ。
若い男２　この家は、男さいねえでもわらすは生れるんじゃ。不思議でねえか。
若い男１　そらきっと神様がおくだりなさるんだべさ。（男たち、笑いながら去る）
　　雪乃、まったく無関心に木の実をムシロにひろげる。
　　家のうしろを忍び足にまわって、豊、啓太、そっとのぞく。
豊　（そっと）かいそんさま！
啓太　（そっと）かいそんさま！

雪乃　ううん？　——誰じゃ。どごさ隠れとるんじゃ。

少年たち顔を出す。

雪乃　ふふん！　このあいだの疎開っ子じゃな。よす！　こっちさ来てよす。
啓太　（首にさげたお守袋をはずす）これ、君にあげる。
雪乃　なんじゃ。（中をあけて紙幣をつまみ出す）わあっ！　銭んこだ！　十円だ！　おらにくれるんじゃな。
啓太　（うなずく）
雪乃　なら、あんたはこごさおってええ。そっちのあんたは帰《けえ》んな。
豊　ぼく、ここへ縫いこんであるんだ。（上着の裾を嚙み切って引き裂く）
雪乃　早う出してみれ。
豊　（十円札をとり出す）ほら！　君にあげる。
雪乃　わあ！　両方とも十円だ！　よおす！　もう返さんど。この銭んこはもう、おらのもんじゃ。
啓太　ねえ！　かいそんさま——。

雪乃　わすはかいそんさまと違うでや。海尊さまはな、あの戸棚の中に蔵《しま》ってあるんじゃ。——あんたら、見たいのがや。
二人　（うなずく）
雪乃　なら、見してやるべっしゃ。けど、おばばには内証なのやど。あんたらにだけ見せっから、誰にも言うなや。こっちさ来《こ》う。
　　雪乃と少年たち、家の中へあがる。
雪乃　そごさ坐っとれ。
　　雪乃、押入れから三尺四方ぐらいの黒びかりのする古い木箱を引き出す。
雪乃　秘密なのやど。そおっと見るべっしゃ。すいーっ！　（蓋をとる）
　　箱の中には、枯木色の猿のようなミイラが坐っている。金襴色の帽子と袈裟をかけている。少年たち不思議そうにのぞく。

雪乃　なあ。分ったがや。これが海尊さまじゃ。――よっく見れ。海尊さまのミイラじゃ。
豊　…………。
啓太　…………。
雪乃　（蓋をとじて）あんまり長く見してはやらんど。
二人　（顔を見合わせる）…………。
　遠くで、雪乃――とおばばの声がする。
雪乃　あっ！　おばばが帰ってくる。早う蔵うんじゃ。（箱を戸棚に押しこむ）――早うこごさ隠れろ！　はよう！　――はよう！
　雪乃と少年たち、押入れに隠れる。
　……カラスが啼く。
　おばば、松茸を採った籠をさげてくる。

おばば　雪乃――まんだ雪乃は戻らんと見ゆるわ。なにをしとるがや。

　登仙坊、大きな背負籠に薪を入れてくる。

登仙坊　なあ！　おばば。わすがこの通り頼むけえ、むごいことを言うもんではねえでよう。あんたにそんなこと言われては、わすはつらいでよう。なあ！

おばば　まんだあんたという人は、ぐだぐだとものば言いよるのがや。なんと思い切りのわりい男衆《おとこし》かのう。ならもう一度言うてきかそうかえ。あんたはのう、働きのねえ山伏で、わすのとごさ転がり込んで来てからに、わすの物をば、ぱァくぱァくと大口ひろげて食うとるのす。

登仙坊　そらもうえっぐ分っとるわ。まこと相済まんと思うとるが、これから冬に向うて旅へ出ろというは死ねということじゃ。――なあ。あんたのそばを離れとうもないわけは、あんたもえっぐ知っておろうが。わすはのう、あんたの肌をば忘れられんのじゃ。

おばば　（せせら笑う）

登仙坊　この通りじゃ。春になれば旅へ出て働くすけえ、冬のあいだはここさおいてくれんかのう。

おばば　だめじゃわ。あんたをば養うておっては、わすと雪乃が餓《かつ》えて死にすよ。わすの血筋が絶えてしもうたら、海尊さまに申すわけが立ち申さんでのう。わすは海尊さまの家内で、雪乃は孫じゃ。なんとすても餓えて死ぬわけには行かんすけえ。どうでもあんたがこごさ、おりてえとなら、ミイラ行《ぎよう》についてもらうほかねえす。

登仙坊　ええっ！　ミイラ行につけじゃと？

おばば　んだす。なにも愕《おどろ》くことはねえでや。海尊さまはのう、丁度、こういう時節にミイラ行につきなさったのじゃ。――あれはなあ、この東北一帯が、ひどおい凶作をば蒙った年じゃった。冬中はぬくぬくと温《ぬく》とうて、春からは急に寒うなった。五月になっても、まんだ綿入れをば着ておったす。六月には霜がおり、みぞれが降ったぞえ。七月からは長雨じゃ。降って降って、天の底が抜けよったかと思うたわ。六十六日があいだ降り続けてのう、米麦はおろか、ヒエもアワも立ちぐされじゃ。百姓は娘をば色街へ売って、ようやっと食いつないだ。その時よ、海尊さまの言わすにはのう、「わすは衆生済度《しゆじようさいど》のため、ミイラにならねばなり申さん、えっく見守ってくれい」と言わすてのう。足をばこう組んで、ずいっと西の方をば眺めたまま、念仏を唱えなされて、水一滴も口にはせられず、八十八日目にミイラとなられ申すたのじゃ。（合掌）――さあ。あんたも今こそ覚悟をばかためる時でないがえ。

登仙坊　お、おばば――そ、そらあんまりというもんす。

おばば　ミイラ行はのう、なんも苦《くる》すいことはねえのす。ものを食わねばええのじゃ。わすが手伝うてやるすけえ、今から始めろや。

登仙坊　いまからじゃと？

おばば　今が丁度ええな。春先きや夏場はへえ、腐れがきよって、からからに乾かんでのう、仕上がりがえぐねえのす。秋は天気がええす、水気がねえがら、乾きが早うてきれいに出来もうすな。

登仙坊　や、やめてけれ！　やめてけれ！　ミイラになるよりゃ、旅に出た方がますじゃわい。万が一にも命が助かるかも知れん。わすは出で行ぐでえ。――まこと、出で行ぐじゃ。（行きかけて）――おばば。わすがおらんで寂すうねえすか。あんた冬中、一人寝せんならんでえ。

おばば　――んだな。あんたのようなもんでもおらねば肌さみすいべ。

登仙坊　北風に雪が乗ってくるでや。ひゅうひゅう！と、ほくろの吹きとぶような隙間風が吹きこむでや。凍《し》みて、凍みて、凍みとおって、まつ毛まで氷りつくじゃ。

おばば　何んとすてひとり身ですごさるるもんでねえすよ。
　わすはひきとめねえす。

おばば　さてのう、ここが分別というもんす。いやいや。やっぱ背に腹はけえられん。
　わすはひきとめねえす。出て行きなされ。――出て行きなされ！

登仙坊　ええい！　なさけ知らず！　なさけ知らず！

おばば　（山伏の装束を丸めて投げ出す）ほおれ！

登仙坊　（泣きながら）あんたはその手にかけて、何人の男をばミイラにすたんじゃ。
　おそろすい女《おなご》じゃよう。けど、その白いぬくてえ肌の、手ざわりのえがったこと――
　―。ああ！　わすはいっそ恨めすいわい――。（泣き泣き去る）

おばば　ふん！　やっと出て失せたわ。ええ気なもんじゃ、わすの肌が忘れられんと。
　（せせら笑う）――さてと、そろそろ夕めすの支度をせにゃならんが、雪乃はどご
　さ行ったんじゃろ。

　脱ぎ捨ててある二足の運動靴をとりあげてみる。

おばば　やあ。こりゃおかすいど。――これ！　誰か家の中に隠れておるんか！　――
　こおれ！　いたずらもんはどこにおるんか！　（押入れをあける）

雪乃と少年たち抱き合ったまま、あっ！　と叫ぶ。

おばば　ほっ！　これはとんだ不義者をば見つけたもんよのう。おばばは見んごと出す抜かれ申すたわ。さあ！　そごから出てくるんじゃ。

雪乃と少年たち、おずおずと出てくる。

雪乃　おばば。かにしてけれ。

おばば　雪乃にはあとで仕置きをすっから黙ってろ。こおれ！　疎開もん。お前らの名をばきこうかのう。さあ名前をば言うてみい。

豊　ぼくは、伊藤豊だ。

おばば　ふむ。なかなか度胸のええところがみゆるな。さすがは男じゃ。そっちのわらしは何んというんじゃ。

啓太　ぼく――。（うつむいて答えられない）

豊　安田啓太君だ。

おばば　ふむ。（二人をじろじろと睨む）

雪乃　おばば。そのわらしっ子たら、銭んこくれた。ほれお札――。

おばば　なんじゃってえ！　銭んこをばもろうた？　（怒って）雪乃！　お前は常陸坊海尊さまの孫娘でないがえ！　女《おなご》というもんはのう、かかわりのある男衆から、銭んこ取るのはかまわねども、恵んでもろうは乞食の境涯じゃ。まんだわすらは乞食でねえわ。

雪乃　ならば、この銭んこ返すたらええべ。

おばば　まあ待て。――おばばにええ考えがあっがらな。――さて、豊さに啓太さよ。あんたら二人に、海尊さまの話をば、語ってきかすけえ、この銭んこは拝観料に納めてくれんかのう。――どうじゃな。

二人　（うなずく）

おばば　それでええか。

二人　（うなずく）

おばば　やれやれ。これで双方とも得心がえぐ。えかったす、えかったす。なら雪乃。支度をばせえ。

雪乃　へえ！

おばば、少年たちを壁際へさがらせる。雪乃、最前の木箱を引き出し錫杖をとって程よきところに坐る。

おばば　それでは、いまから海尊さまをば拝ませ申すじゃ。（うやうやしく蓋をとる）

雪乃　（錫杖をじゃらんじゃらんと鳴らす）

おばば　――そもそも常陸坊海尊さまというお方は、源の九郎判官《ほうがん》義経公のおん供をばすて、遥《は》る遥《ば》る都からこの奥州へまいられたお人じゃ。さても判官義経公は、驕る平家を亡ぼし給い、今は頼朝義経ご兄弟のおん仲、日月《じつげつ》の如くご座あるべきを、言いかいなき者のざん言により、おん仲たがわせ給う。頃は文治の初めつ方、判官殿には武蔵坊弁慶を先達《せんだつ》として、おのおの山伏の姿にさまを変え、いくかんなんを凌《しの》ぎつつ、この奥州路へくだられたのじゃ。志すところは平泉の、藤原秀衡がもとであった。そのおん供の中に、海尊さまもおわせられたのじゃ。

雪乃　（錫杖を鳴らす）

おばば　――どうじゃ。えっぐ分ったであろう。丁寧におずぎばせえ。

二人　（手をついておじぎ）

おばば　よすよす。（蓋をとじる）——ありがたあいお姿をば拝観すて、あんたらは果報もんじゃ。悲すいことや苦すいことがあったら、海尊さまを心に念ずるんじゃ。すたら必ずお助けをくださるでや。おばばの言うことにまちげえはねえす。

豊　おばあさん。

おばば　うん？

豊　でもどうして、海尊さまのミイラがおばあさんの家にあるの。

おばば　それはな、海尊さまがわすのところへ来られて、すばらくここでお暮すなされたが、ついに亡くなられたからじゃ。

豊　だって——。源の義経はずうっと昔の人でしょう？

おばば　そうじゃ。ずうっと昔の人じゃ。今からざっと七百五十年ほど昔になろうわい。けど、なんの不思議があるというのじゃ。海尊さまは七百五十年があいだ、この世に生きてきたお方で、言うならば仙人じゃった。——仙人はこの世に一人だけは確かにおられた。このわすが、この目でしかと見たのじゃ。

たちまち夕方はすぎて夜が来ている。家の中は暗く、月が昇りかける。ふくろうが啼く。

おばば　この目でしかと見た。ああ！　まるで昨日のごとのように思ゆるわ。あの頃わすは十八歳の若けえ娘であった。心も体も軽うて火のごと燃えておった。月の明るい、木の実の落ちる晩であったがのう、わすは月の光に誘い出されて、森の中をば歩いていた。するとあのお方が、黒い木立の奥から、すっくとわすの前へ姿をば現わすなされてのう。

庭の暗がりから、おぼろに人影が近づく。琵琶を抱いた老人が、低くうち鳴らす。

海尊　（荘重に）それ本朝の昔を尋ぬれば、武勇といえども名をのみ聞きて目には見ず。（琵琶）まのあたりに芸を世にほどこし、目をおどろかせ給いしは、下野《しもつけ》の左馬頭《さまのかみ》義朝が末の子、九郎義経とて、わが朝にならびなき名将軍にておわしけり。（琵琶）

おばば　（十八歳）あなたさまは、どなたすな。

海尊　おお。わすの名か。わすは常陸坊海尊が成れの果てじゃ。

おばば　ええっ！　ならばあの名高けえ海尊さまとは、あなたのことすか。
海尊　おお。わすの名をば知っておるすか。
おばば　へえ。おかかの寝物語にえっぐきいておったす。けどお顔をば見るは今が初めて——。
海尊　それはそれは——。いや、面目もねえ身の果てじゃ。まんず聞いて下されえ。この常陸坊海尊は、臆病至極の卑怯者じゃった。衣川の合戦の折り、このわすは主君義経公をば見捨て、わが身の命が惜すいばっかりに、戦場をば逃げ出すてすもうたのす。戦《いくさ》がおそろすうてかなわん。死ぬことがおそろすうてかなわん。それでわすは義経公を裏切り、命からがら逃げ失せたのじゃ。
おばば　やあれ、恥ず知らずのことをばのう。そらァこの上もねえ卑怯未練というもんす。
海尊　んだす。じゃけえ、わすは、逃げ失せはすたものの、ああ！　済まねえことをばすた、わりいことをばすたと、われとわが身を悔んでおるすが、どうにもならねえのは、われとわが罪深え心のありようじゃ。わすはそん時から七百五十年、おのれが罪に涙をば流すつづけ、かように罪をば懺悔すながら、町々村々をさまようておるす。

おばば　えっく分るす。人というは、誰も彼もはあ生れる前《めえ》から、罪深けえ心をば持って生るるもんじゃと聞いておるす。わすらはみいんな罪ば作らねば、生きておられんもんじゃと聞いたす。

海尊　んだす。その通りだす。けどこの海尊の罪に比ぶれば、世の人々は、清い清い心をば持っておるす。わすは罪人《つみびと》のみせすめに、わが身にこの世の罪科《つみとが》をば、残らず引きうけたす。みて下されい、今ではもう、目も見えん。

おばば　はあれ。いだわすいお人じゃ。めくらにまでなったすか。罪の報いじゃとは言うもんの、哀れな身の上になったもんよ。さぞやつらかろうなあ。

海尊　なんのなんの。この苦《くる》すみはみな一切衆生のためす。村の衆、町の衆の現世《げんぜ》安穏《あんのん》後生善処《ごしょうぜんしょ》を祈り申すじゃ。さらばす――。（行きかける）

おばば　待ってけえされ。ともがくも、わすの家さ来なさるがええ、おかかとわすの二人きりの暮すじゃけえ、気安うにしなさるがええす。――さ、海尊さま。わすがお手をばひいていごう。

海尊　これはこれは――。

おばば　なんとまあ、ひるのごと明るい夜道かのう。お月さまがまんまるじゃ。（笑う）

海尊　さても武蔵坊弁慶がその日の装束は、黒革縅の鎧に黄なる蝶を二つ三つ打ちつけたるを著て、大薙刀の真ん中にぎり……。

二人、闇に消える。
家の中はしんと物音もなく暗く、庭には月光。
……ふくろうの声。
提灯をかざしながら、ことぶき屋がくる。

寿屋　（うしろへ）先生！　こっちでがす。

先生、懐中電灯を持って足許あぶなく来る。

寿屋　いたこの家ちゅうはここだす。
先生　しかし真暗じゃないか。本当にここへきてるのかな？
寿屋　山道で、へえ、炭焼のじいさまがたすかにこの家さ入《へ》えったのを見たと言ったす。
先生　うす気味がわるいねえ。

寿屋　声さかけてみるす。――お晩でがす！　――ばばさ、おるすか！　わすは麓のことぶき屋じゃが――。（近づいて家の中を照らす）

雪乃は部屋の隅で眠りこけている。

豊と啓太は、畳に顔を伏せている。

寿屋　先生！　おったすよ！　二人とも。

先生　（駆けよって）おい！　安田！　伊藤！　お前たちはなんという非国民だ。このあいだで性懲りもなく、また逃げ出すとは何ごとだ。先生に何度こういう心配をかけるんだ。そんなことで、日本が戦争に勝てると思うのか！　おい！　起きろ。

寿屋　（二人の顔を持ちあげ、提灯の明りでつくづくと見る）先生。ま、ま、こっちさ来て下せえ――。こらァ天狗さまに魂ば抜かれたにちげえねえすよ。

先生　天狗？

寿屋　んだす。――眼《まなこ》さぱちっとあけてるすが、わすらが誰かも分らんのじゃ。何んにも見えねえす。無理に呼び戻すたらへえ、魂の入えり場所が狂うす。

先生　君、そんな非科学的なことを――。

寿屋　いや、そうでねえすよ。今までにこったらことになった女《おなご》やわらしが、麓の里にも三人か五人はあったす。魂ば抜かれっ切りになってみなせえ、山さ逃げ込んで三年でも四年でもへえ、里さ帰《けえ》ってこねえす。天狗かくしというのは、科学とは違うすよ。
先生　そうかねえ。
寿屋　そおっとおぶって帰りやんしょう。
先生　しかしね、ここのいたこというのは怪しからんじゃないか。子供をおびき寄せるなんて。警察へ届けるべきだと思うね。
寿屋　とんでもねえすよ！　ここのばばさんは海尊さまの血筋じゃけえ、とんでもねえ！　さ、とにかくわらしを連れて行かにゃ。
先生　なんだね、その何んとかの血筋というのは。
寿屋　道々話すてあげるす。（先生に一人を背負わせる）
先生　（よろよろして）実際——僕は心臓弁膜症があるから——体によくないんだ。
寿屋　（もう一人を背に）まこと、らくでねえすな——。（去る）
先生　僕だって君——東京に妻子を残して。——（去る）

月光いよいよ明るい。

おばば、薄を肩に戻ってくる。

おばば　山も谷も、まひるのごと明るいわ。あんまり明るうて、なにやら心が乱れよる。

——現《うつつ》ねえす。（月を仰いで「海尊さま」とつぶやく）

——幕——

第二幕

(その一)

吹雪のふき荒れる三月の夜。

雪囲いをした旅館寿屋の帳場。土間につづく。

大きないろりに火が燃え、寿屋が鍋の中をかきまわしている。

壁際に、豊、啓太、ほかに三人の少年が体をよせ合い、じっと黙りこくって、先生の話を聞いている。

先生　(少し東北なまりに感染している) ではあ、まんだ詳しい事は、東京からの連絡を待たねば分らん。しかしだな、ここが大切なところである。——いまわが国は戦争をしておるのだ。この戦争はこれからさきまだ何年続くか分らんのだ。百年戦争と言う意味は分っているか？　うん？
少年たち　（うなずく）
先生　元気を出せ、元気を！
少年たち　（口々に）はい！
先生　よし。われわれは堅忍持久、尽忠報国の火の玉となって、最後の一人になっても鬼畜米英を撃滅せにゃならんど。神武天皇はなんとおおせられたか。
少年たち　（声をそろえて）撃ちてしやまん！　撃ちてしやまん！
先生　そうだ。それが忠勇なる日本人の精神である。お前たちの東京の家は、敵のために焼かれてしまった。学校も焼けてしまった。お前たちのお父さんお母さん達に、万一のことがあっても、それこそ、日本人として本望である。大義のために喜んで死ぬ、それが大和魂だ。お前たちは、これくらいのことを悲しんだり、将来を悲観したりしてはいけない。（朗詠）今日よりは、かえりみなくて大君の、醜《しこ》の御楯《みたて》と出でたつわれは。――お前たちも、東京へかえりたいだとか、腹いっぱいご飯を食べたいだとか、そんな卑怯な心を起こしてはならん。お前たちのお兄さんたちは、あるいは学徒出陣、あるいは特攻隊の勇士となって、大陸に、空に、海に、勇敢に戦っているのである。すべては天皇陛下のおんため、国家のためである。それでは

——（指揮をとる姿勢）海ゆかば。
少年たち　（合唱）海ゆかば、水浸《みづ》くかばね、山ゆかば、草むすかばね、大君の、辺《へ》にこそ死なめ、かえりみはせじ——。
先生　では、先生の話はこれで終り。
少年たち　（声をそろえて）天皇陛下、皇后陛下、お父さん、お母さん、おやすみなさい。（おじぎ）
先生　よし。
豊　一同、礼！
少年たち　（先生におじぎ）
寿屋　あんなあ、お前らに甘酒いっぺえずつ振舞ってやるべァ。ほかのわらしだちに見せるじゃねえど。みんなにくれるだけはねえんじゃからの。（少年たちに茶碗を配る）それそれ、熱いど。お前だべ、こないだ便所さ入《へ》えって干柿くっておったんは。
——それ、落すな。
先生　廊下へ出て飲みなさい。飲んだら二階へ行っておとなしく寝る。その前に便所へ行くのを忘れるんじゃないぞ。

少年たち、茶碗を手に、黙々と去る。

先生　(呟く)　やれやれ、こういう話は実のところ鬱陶しいよ。醜の御楯と出で立つわれはァか。

寿屋　まんず痛《いた》わすいでねえすか。なら、あのわらしだちの親兄弟はへえ、一人残らず死んだわけすか。

先生　しいーっ！　(廊下の方をうかがって)　――まあそうなんです。

寿屋　ふうん。すかすえらいことになったすな。一度にへえ五人も親無すっ子が出来っまったとははあ――。東京はどんな有様になったんだべか。

先生　とにかくね、どうなるのかねえ。

寿屋　(甘酒をすすめる)　けど、まさかこの日本が敗けるなんつうこたあねえでがんしょう。

先生　そらァあんた。信念を持ち給え、信念を。――うむ！　こりゃうまい！　――何しろうちの学校は東京の下町だべ。あのわらし達の家は、おおかた学校の近所の商店だから、学校も家も一挙にやられたんだなァ。

寿屋　空襲ちゅうは、そんなにえれえもんすか。

先生　んだ。じゅうたん爆撃というのが始まってるそうだ。いまの五人のわらしの家族たちから、全然消息がなくなったもんで、もしやと思うとったんじゃ。やっと調べのついたところでは、一家全滅なんじゃ。
寿屋　ふうーん。身の毛ばよだつすな。
先生　よかったよ、僕は。この正月休みに東京の妻子をさ、新潟の実家へ疎開させて。
寿屋　けど先生。あのわらしだちは、親がいねぐなって、これからどうなるすか。
先生　まあねえ、親戚ぐらいは残ってるだろうさ。
寿屋　そうすな。すかす東京のわらしというのは、まんず気丈なもんでねえすか。親だちの生ぎ死にが分らねぐなったと聞かされてもはあ、涙こ一つ出さねえもんな。
先生　そりゃ僕が普段から鍛えてあるからさ。仕方がないよ、戦争に勝つためなんだからね。
寿屋　んだすな。
先生　しかし……今夜もよく吹雪くなあ。もう何ヵ月降り続くんだ。冬ごもりというのはたまらんな、実にたまらん。
寿屋　東京の人にゃそうだすべ。おらだちゃ何代も何代も、こうすて生ぎて来たす。
先生　毎日毎日、来る日も来る日も吹雪だ。風がやんだと思うと、びちょびちょびちょびちょ、みぞれ雪だ。

寿屋　あと少すの辛抱す。冬もはあ峠は越えたけえ、やがて春さ来るべす。

先生　（いらいらして）きまってるじゃないか。冬の次は春で、春の次は夏でそれから秋で、冬で、春で、夏さ！　なに言ってるんだ。

寿屋　んだす。――先生、ちいと外さ出掛けねばいけねえすな。雪国におってへえ、背骨さ真っすぐにすてると、ぽきっと折れよることあっじゃ。

先生　なんのことだい、そりゃ。

寿屋　こっからそう遠ぐねえとごじゃが、大磯の虎御前《とらごぜ》いうのが住んでやす。

先生　何んだね、その、虎御前って。

寿屋　十郎祐成の嫁こじゃった女《おなご》す。それの妹で少将ちゅうのもおって、そらァ五郎時《とき》致《むね》の嫁こじゃった女す。その二人がへえ、町はずれに住んでるでがす。

先生　…………？

寿屋　すばらく前まじゃ、十郎五郎の実のおふくろ様ちゅうばばさと三人ぐらすだったす。

先生　ばかなことを言っちゃいかんよ、君。そりゃ曾我兄弟の話だろう、仇討をした。

寿屋　んだす。

先生　んだすって……君ね、祐成時致というのは鎌倉時代……ふん！　ばかばかしい！　そりゃ僕も退屈はしてるさ、してるけどね、あんまり下らないことを言うのはやめてもらいたいよ。
寿屋　けどはあ、現に本人だちがそう言うんでがす。おらだちが気ままにこせえた作り話たァ違うだがらね。
先生　じゃ、あんたは、いやこの土地の人はだね、本気でそう思ってるの？　――ええ？　――そうなの？
寿屋　（むっつりと）けど、本人だちがそう言うんでがす。
先生　それはね、いつかの常陸坊海尊と同じ手のやつさ。荒唐無稽もはなはだしいじゃないか。下らない！
寿屋　…………。（黙ってお茶を飲んでいる）
先生　そんな非科学的なことでは君、戦争に勝てないよ。――そうだろう？
寿屋　…………。（黙ってお茶を飲んでいる。それは先生の問いを全く問題にもしていない）
先生　（いらいらして）ええ？　ちがうの？　――なんとか返事をし給え、なんとか。まるで米俵みたいだね、君の頑固さは。

寿屋　（むっつりと）けど、本人だちがそういうんじゃ。

先生　ああ、あ！　いつまでこんな疎開生活を続けなくちゃならんのだ。毎日みてる顔といえば、子供たちの哀れっぽい、ひもじそうな顔と、君たちの渋紙色の、何を考えてるのか、わけの分らん顔と、無智もういい、いな話と、そうしてじいっと背中を曲げてだよ、春がくるのを待ってるだけなんだぜ。

寿屋　すかたなかんべァ。おらだちは何代も何代も、こうすて暮すてきたでや。

先生　よくも頭が何んともならんもんですよ、よくも平気でいられるもんですよ。ああああ！　今年はもう昭和二十年か。――（頭をかかえる）吹雪がひゅうひゅう、みぞれがびちょびちょ――。

寿屋　（いろりの灰の中から大ぶりな燗瓶を抜き出す）先生――。丁度ええころ加減にぬくまったす。ぐうっとやって寝つもうだな。

先生　やあ。どぶろくかい？　いつも済まんなァ。たのしみと言うはこれだけす。なら寝べかな。せめてはあ東京の夢でもみたいよ。――じゃおやすみ。（去る）

寿屋　へえ。おやすみ――。

寿屋、灯を消して去る。

吹雪の音。
どこからか射しこむ雪明りといろりの残り火がちらちらする。
くらやみから、啓太、そっと這い込んでくる。いろりのそばの鍋の蓋をとり、
指を入れてなめてみる。

啓太　（そっと）伊藤君！　あるよ！

豊、這ってくる。

豊　（そっと）あるか！
啓太　あるある――。（鍋の底に、わずかに残った甘酒を二つの茶碗に分ける）
豊　（じっと見ている）こっちの方がすくないよ。
啓太　うん――。（注ぎたす）もうないや。
豊　そいでいいよ。（飲む）
啓太　（飲む）
豊　あまい――。

啓太　おいしいね。

豊　（からになった茶碗をなめる）

啓太　ぼくのお母さんは死んでなんかいないよね。（茶碗の中をなめまわす）

豊　死んでなんかいないさ。先生の話なんかみんなうそだ。

啓太　うそにきまってるよね。

豊　ぼくのお母さんだって生きてるよ。お父さんだって兄さんだって、みんな生きてるさ。（おしゃもじを指でこすってなめる）

啓太　ぼくんち、兄さんはいないんだ。妹はいるけど。（鍋の中を指でこすってなめる）

豊　可愛い子かい？　（啓太と一緒に鍋の中をこすってなめる）

啓太　まあね。

豊　どのくらい可愛い？　あの子ぐらいか？　ほら、雪乃ちゃん。

啓太　あんなに可愛くないさ。

豊　遊びにくるといいなァ雪乃ちゃんが。

啓太　きやしないさ。こんなとこじゃ。

豊　いつか行ってみようか。（くすくす笑う）

啓太　みんなには秘密だよ。（くすくす笑う）

寿屋、そっとくる。

寿屋　誰だァ。そこでへえ、こそこそ語っておるは。
二人　（わっと言って部屋の隅へかたまる）
寿屋　（電灯をつける）――また盗みぐいにきよってからに。誰と誰じゃ。顔さみせれ、先生に言いつけてやっがら。――ふうん。豊さと啓太さか――。
二人　（堅くなってうつむいている）…………。
寿屋　ま、今夜はかんべんすてやるべす。くいもんがたんとあらば、お前らに腹充分、食わすてやりてえども、おらとごだってお前ら疎開わらしを十五人も預かったけえの、商売ははあ休業同様だべ。おらの身にもなってみれや。ああ？　先生にこのざまさ見つかってみれ、また殴られっど。
豊　…………。（しくしく泣く）
啓太　（叫ぶ）かいそんさまあ！
寿屋　ああ？

啓太 かいそん！ かいそん、かいそん、かいそん、かいそん、お母さあん！ （畳に突っ伏し、わっと泣く）
寿屋 ………。
　先生、何事かとくる。酔ってふらついている。
先生 なんだ、お前たちは！ おい！ 立て！ 男のくせにめそめそするやつは先生が気合いを入れてやる。さあ立て！
寿屋 先生、まあええでねえすか。わらしというは頑是《がんぜ》ねえもんだす。何んでもねえだがら——さ、さ、お前らは二階へ行ぐべす。ほれ立つんじゃ。（少年たちを連れて去る）
先生 甘やかしたらきりがないですよ！ ——（独り言）なんだっていうんだ、あいつら。何が悲しいっていうんだ。僕だって一生懸命やっているんだ。先生なんて、まったく……子供はいいよ、わいわい泣けるんだから——。（微吟）世の中は、空《むな》しきものと知る時し、いよよますます、悲しかりけり。（いろりの残り火をみつめる）

吹雪の音。
その深く遠くから吹いてくる風の音に、女の声がまざっているように聞える。
〝おばんですぅ――おばんですぅ――〟

先生　（ぞっと背中に寒さを覚える）…………。

風に吹きちぎられながら〝おばんですぅ――おばんですぅ〟

先生　こ、ことぶきさん！　ことぶきさあん！

寿屋、くる。

寿屋　なんだなす。――どうすなすった。
先生　そ、そとに――外に女が、女だよ、あれは――。
寿屋　…………？

先生　ほ、ほら――聞える、何か言ってる、誰か、女がいるんじゃないのか。
寿屋　おらにゃ聞えねが――。
先生　み、みてくれ、戸を叩いたよ、たしかに――ほら！　ほらほら――。
　　寿屋、土間へ降りて、雪靴と簑《みの》と笠をとってくる。
寿屋　先生――。こればはくんじゃ。
先生　ど、どうするんだ。
寿屋　ええがら、おらの言う通りにすろや。
先生　（雪靴をはく）
寿屋　これば着て出かけるんじゃ。
先生　ど、どこへ行くんだ。
寿屋　先生もはあ、やっぱこの土地の者《もん》になったでがすな。ありゃ雪こがしゃべってるす。雪こも言葉さ語るもんらすいでや。
先生　………。
寿屋　まんだ聞えるすか。

先生　……どこへ行けばいいんだ。どうすればいいんだ。
寿屋　虎御前か少将か、あの女《じょ》らも寂《さぶ》しがってるべっしゃ。訪ねてやんなされ。
先生　（悄然とうなだれる）どこへ行けば会えるんですか。
寿屋　道はへえ一本道じゃけえ、迷うこたあねえべァ。ごさまっすぐ山の際までいくと、神社があったべや。その横手ん方みればすぐ分るす。ちっこい窓こに灯りばつけておるは、そこ一軒だけでがす。
先生　（消え入るように）なんと言えばいいんですか。
寿屋　十郎祐成じゃと言えばええす。そんで戸があがねがったら、五郎時致じゃと言うだな。そんでも戸があがねば、すかたねえす、明日の晩いぐすな。けどはあこんな吹雪く晩じゃけえ、まんず心配ねえべす。

寿屋、くぐり戸をあける。吹雪が烈しく吹きこむ。
先生、笠で顔を隠し、黙って出て行く。
寿屋、くぐり戸を閉じ、灯を消して去る。
吹雪の荒れる音。
〝おばんですう——おばんですう〟

（暗転）

（その二）

おばばの家。

五月の午後。家のまわりと庭に、梅、桃、桜がいっときに咲いている。

水嵩の増した川のひびき。鳥どもが鋭く啼きかわす。

部屋の隅に、豊と啓太がきちんと坐っている。二人とも黙りこくって、畳をみつめている……。

豊　（そっと）安田君。

啓太　なにさ。

豊　君のお母さんも、ぼくのお母さんも空襲で死んだんだぜ。家が焼けるとき一緒に死んじゃったんだぜ。

啓太　生きてるったら。ぼくのお母さんは生きてるんだ。ぼくはお母さんと会ったんだもの。

豊　いつ？　どこで会ったんだ。
啓太　ここでさ。ここにいればお母さんが会いにくるんだ。
豊　うそつき！
啓太　じゃ、うそだと思ってればいいさ。でもいまにわかるよ。

二人とも堅く口をとざし、畳をみつめている。
鳥どもの声。
雪乃と山菜の籠を抱えたおばばが帰ってくる。

雪乃　なんじゃおめえら。あっけらぽんとすて。
おばば　やあ啓太さか。えぐ来たな。すばらく見えねがったがら、風こでも引いたんでねえがと心配しとったど。
啓太　伊藤君がね、僕を嘘つきだって言うんだ。僕のお母さんは生きてるよね、死んでやしないよね。
おばば　そうとも。まこと生きていなさるとも。（山菜を選りわける）
啓太　（豊に）ほらみろ。僕のお母さんは百年だって千年だって生きてるんだ。雪乃ちゃんだって知ってるよね。
雪乃　啓太さはもう何度も母っちゃに会ってらなァ。
豊　ほんとう？
啓太　ほんとうさ。でも僕と雪乃ちゃんとおばあさんと、三人の秘密なんだ。
豊　僕はそんなこと信じないよ。（帰りかけて）先生と宿屋のおじさんと、役場の人が話していたじゃないか。みんな死んじゃったんだ。手紙だってこないじゃないか。会いにもこないじゃないか。（泣きそうになる）嘘なんか言うのやめろ。安田君の嘘つき。三人の秘密なんて……僕は知らないよ。

豊、しょんぼりとして去る。

啓太　伊藤君――。君もおばあさんに頼んでみろよ、お母さんに会えるんだったら――。
おばば　（山菜を選りながら）どうじゃへえ、この愛《めぐ》すい香りのすることたァ。長げえひもずい冬さすごすてきた甲斐のあったわ。
雪乃　おばば。遠山の桜がひらいたでや。おらァ旅さいぎたくなった。どっか遠くさいがねが。

おばば　お前は浮かれ心のあるわらしじゃな。行ぐ末が思わるるわ。
雪乃　ここばしおるんはもう飽いたんじゃ。旅さいげば、もっとええことがあるべっしゃ。
おばば　ここは海尊さまゆかりの土地じゃ。気まま勝手は許さんど。さ、啓太さと二人で、もっと山菜を摘んでくるんじゃ。
雪乃　おらァひとりの方がええ。
おばば　二人でいげてば。
雪乃　（仕方なく）そんならついてこう——。（さっさと行ってしまう）
おばば　（啓太に）雪乃と仲ようせねばいかんど。ええか。
啓太　ああ。あとでお母さんに会わせてくれる？
おばば　よすよす。あんたの頼みなら何んでも叶えてやるど。

啓太、籠を持って去る。

おばば　（見送って）男わらしというはええもんじゃ。雪乃と啓太か……。ふむ。まあよかろう……。（背戸へ去る）

繁みから豊がそっと出てくる。啓太の去った方を眺める。
虎御前と少将、荷を負った旅仕度のさまでくる。荷には月琴と三味線が結びつけてある。

虎御前　あれ！　あんた——。あんたは寿屋におる疎開っ子でねえか。
豊　………。
虎御前　そうだべァ。先生さまはどうすなされた。
豊　先生？……先生はいないよ。東京へ行っちゃってまだ帰ってこないよ。
虎御前　でも、また帰ってきなさるのじゃろう？
豊　知らない！　（走り去る）
虎御前　（涙を浮かべて）少将よ、先生さまは、わすをば忘れてしまいなさったのではなかろうか。せめてもう一目逢いてがった。逢いてがった……。
少将　姉《あね》ちゃはまんだあん人のことをば思うとるがや。なんもかんも前世の約束ごとでねえが。あんたもうだでえ人じゃ。
虎御前　そらよう分っておるども……わすは先生さまがいどしぐてならねえす。

少将　好きだのいどしいだの、そったらことばし言うておる時でねえわさ。——ばばさま。町から虎と少将がめえりやすた。

おばば背戸から急いでくる。

おばば　やれ！　あんたらじゃったか。懐すいど！　虎御前も少将も変りんのうて、えがった、えがった。

虎御前　へえ、おかげさんす。ばばさんもこの冬中堅固じゃったようすなす。祝着ん言います。

少将　ばばさはへえ、だんだん若うなっていぐでねえすか。また人魚の肝ば食うたんと違うすか。（笑う）

おばば　へっへっへ！　あんたらこそ冬ごもりのあいだ中、たあんと舐《ね》ぶったらすいど。ちゃあんと顔に書《け》えてあらァ。（笑う）けど、あんたらの登ってくっと、えがさま春さ来た思いのすっど。ま、二日なりと三日なりと遊んでいげや。

少将　それがのう、そうしてはおられんのす。日の昏れんさきに南の峠さ越えねば。

おばば　急《せ》からすい。あんたらの曾我祭文《ぜえもん》を、今夜はあんじましぐ聞かすてもらうべと思うたんじゃが……そう言ゃァ長旅の仕度じゃの。なんとすた。

虎御前　まあ聞いてたもれ。わすらは町から追手のかかるかも知れん身の上になったす。久すう住み馴れたわが家《いえ》を閉ざすてきたすよ。

おばば　なんじゃと。あんたらの由緒の深けえ曾我屋敷をば閉ずてきたと？

虎御前　へえ。

おばば　そら聞き捨てなんねえど。あんたらの姑さまとわすとは長げえ昵懇じゃ。わけを言うてみれ。仔細《しさい》によってはおばばが宥《ゆ》るさんど。

少将　姉ちゃ。ばばさは何んにも知らねらすいでや。あんなァ、役場と警察が思いもよらん意地《えじ》ぐされ始めよったんじゃ。おらだちばかりか、いたこのばばさだちまで警察さずらずらあと、呼び出されてがらに、眼玉《まなごだま》のひっくらけえるほど叱《すか》られたでや。

おばば　そらなんでじゃ。何が悪りいというんじゃい。

少将　おらだちにも、すかとは得心がいがねがったが、いまはへえ、戦争の時代じゃけえ、いたこじゃの曾我屋敷の女《おなご》じゃの、そんなえぐなし者は、人非人じゃと叱るのす。これまでの暮すを変えねば、警察さ投げ込むとおどすんじゃ。

虎御前　わすだち二人は、祐成時致の嫁こで、けっすて怪すい身の上のもんでねえと、なんぼ話すても聞き入れてくれん。執拗《しっこ》くわすらを叱るばっかりじゃけえ、つらぐて、つらぐて、町にゃおられんのす。
おばば　うだでえ世の中になったもんよのぅ。そんな話はへえ、生れでこの方、聞いたことがねえ。なんであんだらやいいたこが人非人なんじゃ。
おばば　やれやれ。えがさま役場も警察も、物の道理をばわきまえね衆じゃ。あんだらがいねぐなったら、こごらあだりの祐成時致だちはどうなるべァ。
虎御前　わすだちは、人の心をばかき乱す所業ばしてるというのす。
虎御前　んだす。
おばば　哀れなことになるでや。
少将　んだす。
おばば　あんだらを恋いこがれて、思いが狂うべっしゃ。その方がよっぽど心をかき乱すでねえが。
虎御前　んだす。（しくしく泣く）
おばば　まんず世も末じゃわ。みたぐねえ！

山伏登仙坊、息を切らして走ってくる。

登仙坊　おばば――おばばよ！　前代未聞じゃ！　開闢《かいびゃく》以来のおおごとさ起きたす！
おばば　騒がすい！　――あんた生ぎておったんか。この冬中どこさもぐり込んでおった。春になっても消息がねえけえ、おおかたどごぞで無縁仏になったべァと思うておったがの。
登仙坊　縁起でもねえ。ま、ま、一別以来の物語はあとにすて、前代未聞の知らせがあってとんできたんじゃ。やあやあ。あんたらは虎御前と少将でねえが。いつ町さ逃げ出すた。役場の衆があんたらを尋ねまわっておったど。
虎御前　ひええ！　ならやっぱ追いかげてくるすか。
少将　姉ちゃ。とらまえられたらそれまでじゃ。逃げらるるだきゃ、逃げべァ。
登仙坊　そうせえ、そうせえ。（荷負いを手伝う）わすとて同じ追わるる身の上じゃ。そうでなくば、あんだらの送り人《ど》になってやりてえけど、まこと思うにまかせん仕儀じゃわ。
少将　言うとるわ！　あんたのような人に送ってもろうたら、のちの思いがおそろすいでや。（笑う）
虎御前　そんならばばさま。粗相なお別ればしやす。どうかへえ息災でなあ。
おばば　気をつけて行げや。

虎御前　へえ。ありがとさんす。少将　戦争が片じいたら、じっきに戻ってくるす。けどはあ、もすかすたら旅さぎで、わすら、玉の輿さ乗るかも知れねえすよ。（笑う）さいなら――。
登仙坊　達者で行げや。

虎御前、少将、去る。

おばば　あたらあの女《じょ》らも流れもんになったがや。悪りい時勢に会うたもんよ。
登仙坊　達者でいげやァ――。なんやらわすまで切《せつ》ねぐなってきた。なあおばばァ。ばばさよう。わすの方をば見てくれって。
おばば　なんじゃ芋山伏が甘だれ声さ出すて！　またぞろ、わすのとごさ転がりごむ算段じゃろ。
登仙坊　とんでもねえ！　まこと前代未聞のことが起きたんじゃ。もうはあ、あんたは神おろすも口寄せも占いも、悉皆《しっかい》お上からご法度《はっと》になったんじゃ。そもそもいたこじゃの山伏じゃのは、人の心を惑わす者共じゃけえ、向後《きょうこう》一切、まじないも御祈禱もふっつりとやめい、やめねば軍需工場さ徴用に行げいと、きつうい命令なんす。

おばば　行ったらええでねえが。銭んこになるべす。
登仙坊　いやじゃいやじゃ。わすはいやじゃ。軍需工場というとごは、わすらにへえ、死ねくたばれ仕事をばさせるとごす。
おばば　仕方ねえべァ。わすは昔がら、銭んこねえ者と首のねえ者とは、話をすたことねえでや。
登仙坊　そんならおばばはどうするのす。もういたこはご禁止じゃ。百姓するにも田んぼ圃はなす、商売するには銭んこはなす、ミイラになるほかねえべす。
おばば　なんじゃと。
登仙坊　も早、絶体絶命じゃのう。わすは軍需工場、あんたはミイラ。へへへ……。
おばば　あっけ山伏め！　わしゃ、ミイラになるは覚悟じゃ。海尊さまの家内ともあろうわすが、いたこでねぐなるほどなら、命の終りさ来たも同様じゃ。――よすよす。ミイラ行につくべす。
登仙坊　おばば――。
おばば　雪乃の行ぐ末がちいと気がかりじゃが、それもせん方ねえべァ。わすの心はこれで決まった。
登仙坊　そ、そら分別が早すぎるす。ま、ま、ともがく――。

おばば　この期《ご》になって止め立ては無用じゃわ。あんたに頼みてえことがあるでや。ミイラづぐりの法をば教ゆるけえ、えっぐ耳こひろげて聞くじゃ。これ海尊さま直伝の秘法よ、頭こさげて承らんかい。
登仙坊　へえい！（平伏）
おばば　まんず五穀を絶つこと三十日、木の実、草の根を絶って三十日、水気を絶つことおおよそ二十八日、あわせて八十八日にして、わすの息は絶えるべっしゃ。息の絶えたを、しかと確かめたら、あの谷川さ持ち出すて、三日三晩があいだ、一刻も手をば休めずに洗い清めるんじゃ。それがらここへ持ち帰えって、軒端の、あのあだりがええべす、風通しのええとごへはあ、ぶらさげて、七日七晩があいだ蔭干すにするのじゃ。
登仙坊　ええっ！
おばば　それでミイラが出来もうすじゃ。海尊さまと、比翼のミイラになるというは本望でや。登仙坊よ、あんたにえっぐ頼んだけえの、必ずしぞくなえばせんようにしてくだされや。
登仙坊　（胴ぶるいがとまらず）それればっかりは勘弁すてけれ。わすにお狐さまでもたからねえ限り、そんな恐ろすい手助けは出来ねえす。この通り頼むけえ思い直すて下され。なあ、おばば。（すりよって）あんた、まんだミイラになるは惜すいでや。

おばば　あんじましぐ暖《ぬぐ》てえ肌をばしてるでねえがや。のうおばばよう。

登仙坊　（突き離して）情けねえ山伏じゃ。そんつくたら、あんたにゃ頼まねえす。雪乃に頼むほかねえべす。雪乃はどこぞへいったんじゃろ。（庭へ降りる）

おばば　どうでもその気かや。

工員風の若い男1と2がふくらんだリュックを背負って通りかかる。闇市へ物資の交換に行くらしい。

若い男1　やあ見ろや。あのいたこはまんだ無事でおるぞ。おい！　めくされ婆。お前はえぐも警察さ放りこまれねえもんだ。

若い男2　ふんとだ。戦争はずっきに終るべえなんて、変なこと言いふらしたんはお前じゃそうな。駐在がへえ頭がら湯気こだすて怒ってるど。

おばば　鼻たれめ！　占いに出たがらそう言うたまでよ。戦争はの、この新暦八月のうち、おそぐも月の末までにゃ終えると出たんじゃ。

登仙坊　おばば！　やめれ——。

若い男1　どうじゃ、まんだ世迷い言をば述べとるわ。あきれたもんだ。
若い男2　おおかた頭さきたんだべァ。
若い男1　そんつくたら日本が勝つか、アメリカが勝つか占うてみれ。
若い男2　そだそだ。お布施ばうんと払うてやるけえ占うてみいや。さあどっちじゃい。
若い男1　あっちゃか、こっちゃか。
若い男2　あっちゃか、こっちゃか。
おばば　占うてやってもええがのう。お前らの背中ん頭陀袋《ずだ》はなんじゃ。工場さ狡《ず》るけ出すて、闇市通いだべ。そんな汚ねえお布施で、わすの占いが当るもんか。さっさと早よう通り抜げろ。みたぐもねえわ！
若い男1　気《け》っ張りの強えばばさだ。駐在に告げてやるど。
若い男2　んだ、出まかせばし、こきよって、いまに口から腐っていぐべ。
男たち去って行きながら、あっちゃか！　こっちゃか！　と言って笑う。
登仙坊　あんなことさ言うでねえすよ！　あんたという人は——。時節がわりいで、町方村方の衆には頭こ低うしなされ。

おばば　――登仙坊よ。
登仙坊　なんすか。
おばば　わしゃ、気が変ったでや。ミイラ行につくのはやめにしよう。
登仙坊　思い直すたか！　やあ祝着じゃ！
おばば　命が惜しぐなったんではねえさ。わすに、逢いにくる者があるんじゃ。どうやらわしゃ、それが愛《いと》しぐてならねぐなってるのじゃ。
登仙坊　ええっ？　――そらァ男すか？
おばば　ふっふふ……。
登仙坊　（きっとなって）いくつぐれえす。どんな男す。
おばば　まんだ若けえわ。ええ男よ。わすがミイラになったら啓太がさぞ嘆くべっしゃ。それがいだわしぐて、わしゃミイラになれねえすよ。（花の咲いた庭木のあいだを楽しげに歩きまわる）
登仙坊　ええ！　あんたという女《おなご》は……その物思わしげな、浮ぎ浮ぎした顔……それほどあんた、その若え男がめんこいすか！
おばば　そうとも。この頃ではは あ、啓太が三日みえねば切ねえ。
登仙坊　そらあんまり酷《むご》いす。（涙）くち惜すい！

おばば　あきらめてもらうす。愛《いと》しいという心は分別のほかじゃけえの。
登仙坊　――えっぐ分った。わすとて男の端切《はしく》れじゃ。あんたの心変りをば知らされて、のめのめここにはおられん。出ていぐす。まこと出て行ぐじゃ。――けど、今じゃからいうでや。この登仙坊玄卓が、まのあたりの生ぎ証人じゃわ。あんたに可愛がられた男は、一生うかばれん者になり果つるんじゃ。わすは山伏修験道の修行をばやりぞくなって、魂をば引き抜がれたんじゃ。その啓太とやらいう男も、まんずわすのような、すたれ者にされよるわさ。（涙を流して）わしゃ、生ぎたまま ミイラにされたも同じでや。海尊さまの祟りじゃわい――祟りじゃわい――。（泣き泣き去る）
おばば　ふん！　ひとり合点の鼻ぐされめが。やっとこれで厄介もんをば斬り捨てた。（笑う）わしゃ、海尊さまの血筋をば絶やすわけにはいがねえのじゃ。まんだミイラになって相済もかい。

啓太と雪乃戻ってくる。啓太はめそめそと涙をこぼしている。

おばば　やあ戻ったか。こっちさこい。

雪乃　おらあ啓太さみてえな弱虫はきらいじゃ。ずっきに泣きよるわ。
おばば　（啓太に）どうすた。腹でも痛えが？
啓太　（首をふる）………。
おばば　こおれ、男らしうせんと雪乃にきらわれるど。
啓太　ぼく、お母さんに会いたい。会わせてよ、すぐ会わせてよ。
おばば　よすよす。会いとうなればいつでも会わるるわ。人間はのう、けっすて死にはせんのじゃ。雪乃、仕度をせい。
雪乃　へえい。

雪乃、大数珠、鈴（大小の鈴をつけた祭具）をとり並べ、海尊のミイラ像の箱を少しあける。

おばば　（啓太に）心をあんじましぐ静かァにすておかねばいかんど。騒がすい心でおっては、神さまはおくだりなさらんのじゃ。分ったか。
啓太　ああ。
おばば　さ、拝むんじゃ。（合掌）

啓太　（合掌）
おばば　……雪乃、ええか。
雪乃　へえ（鈴をとって唄うように）ほんとうを云うなれば、わらしは相手にせんきま、りなのじゃが、啓太さのまごころに免ずて、おばばが力をば貸すてくれるのす。それを忘れてはえぐねえす。（しゃらん！　と鈴を鳴らす）
おばば　さて啓太よ。苦すいときや悲すい時には、なんと言うて願うのであったかのう。言うてみい。
啓太　（小さく）かいそんさま、かいそんさま、かいそんさま。
おばば　そうじゃ。おばばの言うとおり、心の中でお唱え申すんじゃ。それ雪乃！
雪乃　へえ。（鈴を鳴らす）
おばば　（大数珠をもんで）海尊さま、海尊さま、海尊さま。なにとぞ安田啓太が母をばおつれ下され。哀れなるものにお慈悲を与えたもれ。よるべなき者にお手をあたえたもれ。願わくは啓太の母をば使ァさしめ。（くりかえす）
雪乃　（烈しく鈴を鳴らす）

おばば、苦悶のていとなり叫び声をあげて畳に突っ伏す。

　　雪乃、ゆっくりと鈴を鳴らして、打ちどめる。おばば、ゆっくり起き直る。

おばば　啓太──母っちゃじゃ。えぐも会いに来てくれた。母っちゃもはあ、啓太に会いたぐてなんねがった。まこと、会いてがったでえ。さあさ、もっと母っちゃのそばへこいや。

啓太　お母さん！

おばば　おお、おお、啓太はめんこいわらしじゃのう。東京でへえ一緒に暮すていた頃とちいとも変らんなァ。母っちゃはなんぼ嬉すいか分らんど。いつもこうすて会うべなァ。

啓太　お母さん。僕ね、東京へ帰りたい──。

おばば　そらァえぐねえな。母っちゃも啓太とくらすてえども、いまの東京ははあ、アメリカの兵隊が、鉄砲ば持って攻めよせておるけえ、お前のようなわらしが来たら、何されっか分んねえど。寂すいだべども、田舎におれや。母っちゃの言うこたァ分るべァ。

啓太　じゃ、お母さんの言う通りにするよ。

おばば　うんうん。いだわすいことを言ってくれるのう。母っちゃはいつも、啓太のことばし思うているんじゃ。体ば大切にせえよ。先生さまの言いつけ守って、早うに大きうなれや。

啓太　（涙声になって）ああ。ぼくの家はどうなったの？　お父さんは帰ってきた？

おばば　お父《ど》うはのう、まんだ戦争から帰《けえ》ってこねえ。家はへえ焼けてしもうたわ。けど、うだでがって力落すたらえぐねえど。お父《ど》うは死にやァせん。啓太に会いに帰ってくらァ。家ば焼けても、いつかお前《めえ》が建てりゃええだべさ。この世のこたァ、いっとき姿をば変えるだけじゃ。なんにもなぐなったわけでねえわ。もとのまんまと変りねえわ。なァ、啓太よ、そうだべや。

啓太　ああ。

おばば　母っちゃに会いてぐなったら、雪乃ちゃのおばばに頼めや。おばばは母っちゃの代りに啓太をいどしがってくれべす。おばばのそばさ離れんじゃねえど。

啓太　ああ――。

おばば　なら、また会いにきてやっがらな、おとなしう待ってろや。ええか。

啓太　お母さん。もっとここにいてよ！　ねえ！

おばば　母っちゃはさまざま忙すいんじゃ。ちいせえわらしみてえに、後さ追うでねえど。そんなら啓太よ、元気でいろや。

啓太　お母さん——。（畳に突っ伏して泣く）
おばば　（苦悶。呻き声と共に倒れる）
　　雪乃、鈴を烈しく鳴らして打ちどめる。
雪乃　神おろすは終ったす。啓太さんの母っちゃはもう帰《けえ》ったす。おばばはいま気をば失うておるで、静かにせねばえぐねえよ。すいーっ！　（鈴を置く）——さ、これで終り。
啓太　ぼく、気持がさっぱりした。
雪乃　だべァ。母っちゃに会えてえがったべ。
啓太　伊藤君ばかだなあ、帰っちゃって。今度またつれてくるよ。
雪乃　もうはあ帰んな。おばばはまだ気ば失うてるけえ、そおっと帰れ。じゃ、さいなら——。（手籠を持って出る）
啓太　どこへ行くの？
雪乃　峰の桜をみにいくんじゃ。ついてきたらいかんど。
啓太　どうして？

雪乃　おらァひとりで遊ぶのが好きなんじゃ。（去る）

啓太　またくるからね。（啓太、雪乃の方をふりかえりながら去る）

　繁みの蔭からそっと豊が出てくる。驚きと怖れで声も出ない。おばばが体を動かすのをみて、あとずさりして繁みの中へかくれる。おばば、むくむくと起き直る。深い息をつく。夢をみているような目で庭の桃を眺める。

おばば　（花の梢を仰ぐ）海尊さま。ここには男っ切れが一人もねえけえ、まこと行ぐ末が心許《こころもと》ねぐてならなかったす。けど、まこと海尊さまのお引き合せじゃ。わしゃ、あの啓太が気に入りすた。わすの思い通りになる男っ切れが入用なんす。あの啓太をば今がら仕立てあげて、海尊さまのお守りばさせ申すでや。わすの企みに手をばお貸したもれ。（合掌して）海尊さま。ああたはいつの世にも、生きておらねばならぬお方じゃ。この世が極楽浄土になったればともがく。――（静かに合掌する）

（暗転）

（その三）

寿屋の帳場。

十月の曇った朝。遠くで子供が打っているらしい祭太鼓のまだるっこい音が聞えてくる。

あがりがまちに体をよせあい、黙りこくって腰をかけている少年三人。

豊、正男、勇一。小学帽をかぶり運動靴をはき、いつでも出発できるようにしている。それぞれのうしろに、夜具の大包み、行李、手提げ、学用鞄などが積んである。

…………

…………

役場（奥から話しながら出てくる）もうへえ戻ってくるべすと思うすが――。待たすて済まねえすな。

あっぱ（農家の主婦）、だんな（製材所）、親方（漁師の網元）つづいてくる。

役場　もう一人のわらしさ尋ねて行ったす。おおかたへえ、そごらあだりをうろうろすてるべと思うすが――。（少年たちに）お前ら、仕度はもうええじゃな。忘れ物はねえがや。
少年たち　（うなずく）
親方　やっぱ東京のわらしは骨こがか細いじゃ。
あっぱ　んだなす。けどはあ賢ごそうな顔だちすてるでねえすか。さすが東京のわらしだすはァ。
だんな　人間はあんまり賢ごくねえ方が使え易いもんだ。
親方　んだんだ。おらどごさ来るわらしは誰《だ》んだ。お前か、そっちゃか。
あっぱ　ちがうすよ！　こらァわすどごさ約束したわらしだす。
だんな　まんだそごまでは取り決めすてねえだべァ。あんた自分の勝手ばし言うもんでねえわさ。おらどごは山仕事じゃけえ、体こ確《しっか》りすたわらしがええじゃ。
あっぱ　わすどごじゃて農家すよ。頼もすげなわらしば選り出してけえとお父《ど》うに言いづかって来たす。
親方　そんだばこたァ言うもんでねえ。おらにすたっちゃ、舟子に仕立てべすと思うているんじゃ。このわらしば貰うていぐでや。
あっぱ　そらいかん！　わすのじゃ言うてるでねえすか！
だんな　なんとへえ女《おなご》というは情っ張り通すたがるもんだべ。
役場　ま、ま、まんずまんず、役場にまかすてもれえてえす。とにかくはァ、やっとここまで相談まとまったもんを、そんだばこたァ言い合うたら、ぶっこわれてしもうす。
だんな　んだんだ。
役場　どうかへえ役場の苦労も察すてもれえてえす。この疎開わらしだちは、預りもんじゃ。品物とはわけがちがうだがらの。
親方　そらあそうだ、まんまこ食う預りもんだではァ。
役場　戦争この方、疎開わらしの受け入れで役場は頭こ痛かったす。んでもお蔭さんで終戦になりすた。ところがへえ、このわらしだちはなんと、今もって引取り手がこねえす。かと言ったっちゃ、このまま寿屋におぐわけにもいかんすのぅ。
あっぱ　んだなす。
役場　それだけではねえす。わらしだちの先生がらして、東京さ連絡に行ぐと言って出たままはァ、音沙汰ねぐなって、ついに行方知れねぐなったすよ。

だんな　何んと意地《えじ》のねえ先生だべか。
あっぱ　けどはァ先生さまにも、いろいろ都合はあるべす。
だんな　何とすてそれが都合で済むでや。無責任と言うだわ。
親方　んだな。責任ねぐてかまわねえがら無責任というのがや。先生というは気楽なもんだ。（笑う）日本は無条件降伏をばすたべァ。そのまねごとすたんだべさ。けど日本はさすがでねえすか。同じ敗けるにしたっちゃ、無条件だもんな。なんにも敵に条件つけさせねえというは偉えもんじゃ。敗けたって気楽なもんよ。（笑い）
役場　――どこまで話すたべか――。んではァ、こたび役場とすて、協議に協議さ重ねた末、旦那衆やおがさまだちに、このわらしだちを引受げておもらい申すことになったす。まこと感謝にたえねえす。これもはァ御縁じゃけえ、どうがいぐ末ながく、実の親の心ではァ、わらしだちのことは、あんじましぐお頼みするす。（丁寧におじぎ）
親方　おらァ二人もらってぐ約束じゃ。お前ら、おらどごさ来れば、魚はなんぼでも食わすてやるど。舟さ乗って魚をとりにいぐんじゃ。一人前になったれば、めぐい嫁こを持たすてやるべす。（笑う）
役場　どうだ、ええだべァ。あっちゃのお父《ど》さまは製材所の旦那じゃ。あっちゃのお母《が》さまは農家のあっぱじゃど。よろしぐと挨拶すろや。ああ?
少年たち　（いよいよ小さく体を寄せ合ってうつむく）
役場　なんとすた。六年生にもなってはァ。
勇一　（泣き出す）………。
役場　これ――。（笑って）わらしだちは、恥んずがすがってるす。ふんとは嬉しぐて
　なんねすよ。わすにはえぐ分ってるす。
だんな　東京もんは気がちせえがらな。
あっぱ　まんず、いだわすいでねえが。なんぼ親だちが死んだとすても、親戚ぐれえあ
　るべすと思うがのう。（泣く）
だんな　都会もんは薄情じゃけえ、おおかた忘れつまったんだべさ。
親方　んだべァ。
役場　まっだぐ、こたびは骨折れたす。県内だけでもこういう疎開わらしが、二百四、
　五十人からおるす。
あっぱ　わすは早う帰らにゃお父《ど》うにどやされるけえ――。それにはァ天気もえぐねえ
　すのう。うちさ来るわらしを早う決めてもらわにゃァ困るすよ。
だんな　くじびきにすたら公平だでや。くじびきにすべえ、なァ親方。

親方　んだな、そうすべえか。なァに、おらァあのわらしを引き当ててみせっからの。
（笑う）
あっぱ　わす、もう帰るす。わすがくじ弱えこたァ知ってるだべ。割のえぐねえわらしならいらねえすよ。
役場　ま、ま、おがさま――。
あっぱ　わらしはほかに貰い手があるべす。うちはどうでも欲すいというわけでねえもんな。頼む頼むというけえ、人助けばすてやるべすと思うたけどはァ。
親方　人助けはおらだっちゃ同じこった。使うてくれちゅうわらしは、ほかにもたんとあらァ。けど、百姓なんどにもらわれてみれ、子守ばっかやらされてのう、糞まぶれんなって田ん圃さへえずりまわるだ。食わすてもらうだけでへえ、銭んこなんど一文もくれねえわさ。
あっぱ　まっ！　えぐもそったら口の叩けたもんだ。漁師の舟子になんど行ったらはァ、朝から晩までげんこの雨が降りどおしでよ、半殺すの目さ会わされっど。おっかねえ！
だんな　二人ともええ加減にすろや。こったら面倒くせえ話なら、おれもやめるけえの。
役場　（うろうろして）旦那も親方も、おがさまも、ともがくそのう、奥の座敷で、一

口飲んでもらうべと思って、仕度のでけた頃じゃけえ、ともがくもう一遍最終的に
——。さ、どうぞ——どうぞ——。
親方　民主主義というは、ぐうだらぐうだらすることじゃというが、なしてぐうだらぐうだらせにゃならんのじゃろ。
だんな　さあのう——。
役場　お前ら、ふんとに安田啓太つうわらしの行ぎさぎ知らねえのか。
少年たち　（うなずく）……………。
役場　どごさほっつき歩いてるだべァ。
旦那衆とあっぱ、役場、奥へ去る。
正男　よせよう、泣くの。
勇一　——ぼく、漁師の子供になるのなんかいやだ！（泣く）
豊　ばか。どこへ行くかまだ分んないんだ。くじびきだってよう。
正男　——安田君はうまくやったよな。
豊　逃げちゃったんだぜ。

正男　うん。逃げちゃったんだ。
勇一　東京へ行ったかも知れないね。
豊　行けるかよう。遠いんだぜ。

寿屋、土間へ入ってくる。うすくみぞれ雪をかぶっている。

寿屋　お前ら、まだ行がねがったのか。（雪を払う）今年はへえ雪このくるのが早えようだわさ。
豊　おじさん。安田君は？
寿屋　——いねがった。どごさ行ったか、皆目分らねえ。山のおばばのどごまで行ってみたがのう。おばばの家は、人っ子ひとりおらんど。誰も住まっておらんじゃった。
豊　どうして？
寿屋　さあのう。おおかたへえ旅にでも出たんだべさ。
豊　雪乃ちゃんも？
寿屋　雪乃？　——あの女わらしか。あれもおらんじゃった。啓太はへえ、神がくしに逢うたんかも知れんど。——なあ豊、正男、勇一、お前ら、役場の言う通り、おとなすぐよその家さもらわれていげや。啓太のように神がくしに逢うよりはええぞ。よっぽどええぞ。――お前らも六年生になったんじゃ。自分の口は自分で稼げや。な！　分ったべ。

少年たち　（じっと黙りこんで顔をそむけている）……………。

寿屋　おらどごに置いでやりてえども、おらどごのわらしというわけでねえし、仕方ねえべさ。またええこともあるだべァ。（奥へ去ろうとする）

豊　かいそんさまあ！（泣く）

正男　かいそんさまあ！（泣く）

勇一　かいそんさまあ！（泣く）

寿屋　…………。

土間の戸をあけて、中年の男が入ってくる。闇屋風の身なりに進駐軍用の半長靴をはいて胸に古びた琵琶をさげている。底ふかく怒りに燃えて。

第二の海尊　ごめんけえ――。どなたさまもごめんけえ。いまわすの名を呼ばって下されたで、推参ながら門《かど》をばくぐり申すた。わすは九郎判官義経公のおん供をばすて、遥る遥る都から、この奥州路へ下ってまいった常陸坊海尊が成れの果てでござります。（琵琶をうつ）さてもこのたびの合戦は、進め一億火の玉となり申すたにもかかわらず、あえなぐ敗け戦とは是非もなす。（琵琶）主君義経公を初めとすて、みんなみの島々支那満洲さうち渡りたる軍勢も、武勇つたなぐ討死総崩れ。（琵琶）さるほどにこの海尊は、義経公を裏切り奉り、寄る辺なき女《おなご》だちわらしだちを見限りて、戦場をば逃げ出し申すた卑怯者でござります。ああ！　済まねえことをばすた、わりいことをばすたと、われとわが身を悔んでおるすが、どうにもならねえのは、われとわが罪深え心のありようじゃ。（琵琶）――わが身の罪に涙を流し、身の懺悔をばいたすために、かように村々町々をさまよい歩いて七百五十年。思えば思えば、この海尊が罪のおそろしさを、なにとぞ聞いて下されえ。

海尊、琵琶をかきならす。
曇った空から、乾いた音をたてて雪が降りこめてくる。
少年たち、寿屋、身じろぎもせずに耳を傾けている。

――幕――

第三幕

（その一）

秋の晴れたひるさがり。（昭和三十六年）

岬に近い神社の奥庭。

格式のある神社とみえ、庭も蒼古の趣きがあり、奥まって神楽堂と本殿を結ぶ渡廊下がある。

遠景に白く一級灯台がみえる。

古式の神楽の奏楽が聞えている。

…………

奏楽が終ると、宮司補の秀光がくる。少し遅れて観光バス会社の小旗を持った女ガイドに引率された観光客たちがぞろぞろとやってくる。

観光客たちは東京方面からの旅行者と覚しく、勤め人の小グループや商店主らしい男づれ、主婦の仲間同士というような小集団の集まりで、みんな疲れて無感動にのろのろと動いている。一人残らず写真機をさげている。
秀光は二十四、五歳の童顔のまじめそうな青年である。

女ガイド　みなさん、こちらへ——。木の根につまずかないように気をつけましょう。
秀光　……ここは奥庭です。当社は平泉の中尊寺とほぼ同時代に建てられたものです。従って神社建築の様式においても、仙台以北ではもっとも重要な文化財として指定されております。——文治五年、一一九〇年頃ですが、衣川の合戦に敗れた源義経は、あの岬から蝦夷地《えぞ》、今でいう北海道へ渡ったという伝説が残っております。——なお、御本殿と奥の院には重美に指定された彫刻、古文書《こもんじょ》、土器などがあります。ご希望の方は御参観下さい。
女ガイド　（暗誦したままを機械的に）みなさま。東京をあとにして、はや五日。ここは本州さいはての地でございます。明日は一路なつかしの東京へ——。みちのくの旅の最後の日を、あるいは傷心の英雄義経を偲んで歴史を回顧し、あるいは心ゆくばかり風景を観賞して、しみじみとした旅情にひたろうではありませんか。

観光客たちは聞いているのかどうかも分らないような無表情、無反応で、ぼそぼそ小声で話し合ったり、トランジスタ・ラジオをきいたりしている。

女ガイド　それではみなさん。御本殿の方へまいりましょう。ばらばらにならないようにお願いします。

客たち、ばらばらに秀光と女ガイドに従って去る。
巫女舞の装束をつけた雪乃、渡廊下を静かにさがってくる。それに吸いよせられるように瞳をすえた下男姿の啓太、庭づたいについてくる。熊手をだらりと引きずり、雪乃の足許へ寄って、じっと見上げる。憑かれたような視線である。

雪乃　（冷たく）早う掃除ばするんじゃ。
啓太　…………。
雪乃　お客さんだちが見えとる——。

啓太　なあ――。（雪乃の袴の裾に触れる）
雪乃　なんじゃ。
啓太　おらァ……。

雪乃、蝿でも打つように扇で啓太の手を打って、ゆっくりと去る。啓太、打たれた手を痴呆のようにみつめる。

…………

…………

巫女の少女が、伊藤豊を連れてくる。
豊は小さな旅行鞄をさげ、篤実な感じの会社員風である。

少女　あそこにおるのがそうじゃと思うすが――。下男でのう。
豊　（半信半疑で）安田君というんですね。
少女　さあのう。苗字は何んというか知らねえすけど、啓太と呼んでおるす。
豊　そう――。
少女　きいてみたらええすねす。

豊　ええ。お世話さまでした。
少女　(笑って) 頭こ少し足りねえす。

少女、去る。
豊、二、三歩近づくが、異様な感じに立ちどまってしまう。
啓太、執拗にわが手をみつめている。突然その手を憎しみをこめてでもいるようにがぶりと嚙み、呻き声をあげて去る。
豊、おどろいて見送り、急いで後を追う。

…………

女ガイドに指揮されて観光客たちが、だらだらと戻ってくる。

女ガイド　次ぎは灯台岬へまいりますから、バスへ御乗車願います。――少しおいそぎ下さい。――バスへ御乗車願います。――時間がありませんからなるべくお早く――。木の根につまずかないように気をつけましょう。――お連れのかたの顔を、おたがいによく確かめましょう。――忘れ物や落し物がないかもう一度たしかめましょう。

客たちは小声でぼそぼそ話したりしながら、だらだらと去って行く。
啓太、のっそりと戻ってくる。豊、そばへつくようにしてくる。

豊　まさか忘れたわけじゃないと思うけど……伊藤だよ、伊藤豊。――五年生から六年生の秋まで、学童疎開で湯の沢温泉の寿屋という宿屋で暮したじゃないか。あの時の伊藤だよ。東京にいた時はほら、君の家は表通りの洋服屋で、僕の家は丁度、君んところと背中合わせになった電気屋でさ。――しかし、僕はそんなに変ったかな、自分では分らないけど――。
啓太　――憶えてるす。
豊　そう。忘れるわけはないものね。
啓太　あんまり思いがけねがったから――。わしに何んか用でもあるすか。
豊　いや――。別に用というわけじゃないけど――。僕は君のことをよく思い出したもんだからね。君の居所が分ったら、一度逢ってみたいと思っていたんだ。
啓太　――そうすか。
豊　ここへかけてもかまわないかな。

啓太　かまねえす。

　　二人、手近かなところへ腰をおろす。啓太はまったく無表情である。豊は期待に反した思いで、やや戸惑いを感じている。

豊　それはそうだな、ずいぶんもう昔のことだもんね。——ここは、僕らのいた湯の沢とは、相当離れているんだね。
啓太　んだす。——なして、おらの居所、分ったすか。
豊　寿屋のおやじさんから聞いたんだ。僕は会社の用事でこちらへ出張してきてね、出張なんてめったにないんだけど、待ちかまえていたんだよ、僕は。それで、ちょっと無理をして湯の沢へまわったのさ。あのおやじさん、健在だったよ。凄く喜んでくれた。
啓太　そうすか。
豊　——僕はいま、東京で小さな会社へ勤めているんだ。
啓太　………。
豊　僕はあれから、農家へもらわれて行ったんだが、一年ばかりしたら、遠い親戚が僕を思い出してくれたんだろう。引きとりに来てくれてね、東京へ戻ったんだ。
啓太　そうすか。
豊　君はずっとここにいたのか。
啓太　——ずっとではねえす。
豊　…………。

ぽつんと話が跡切れてしまう。

…………

秀光が通りかかる。

豊、立って名刺を差出す。

豊　僕は安田君と小学生の時の友達で——。しばらく安田君と話をしたいんですが。
秀光　あ、どうぞどうぞ。かまいません。——わざわざ東京から訪ねてこられたすか。
豊　ええ。
秀光　そらァ……。啓太、あっちゃの客座敷の方へお連れせんか。こんなところで失礼じゃ。

豊　いいんです。ここで結構です。
秀光　しかし——。それなら、今夜はどうかお泊り下さい。客部屋はあいていますから。遠いどごを折角みえたのじゃし——。
豊　はあ。
秀光　啓太。そうすてあげたらええが。
啓太　へえ。
秀光　粗末な座敷すが、どうかご遠慮なぐ。
豊　それでは、お世話になります。
秀光　はァ——。（行きかけて）啓太は東京生まれだったすか。
豊　そうです。
秀光　…………。（去る）
豊　泊めてもらってかまわないのか？
啓太　へえ。
豊　そういうつもりではなかったんだが……しかし、静かないいところだね。ここはよほど古い神社なんだろう？
啓太　へえ。

豊　（みまわして）格式が高いって言うんだろうね。あとでゆっくり見せてもらおうかな。ここもやっぱり義経伝説とゆかりでもあるの？
啓太　んだべ。
豊　（笑って）九郎判官義経では、奇想天外な思い出があったね。僕はあの話は不思議に忘れないんだ。何んにも関係のない時に、たとえば会社で事務をとってる時とか、めしを食べようとして割箸をひょっと抜き出した時とかね。誰が考え出すんだろうな、ああいう話は。
啓太　北国はへえ、冬がなげえすがら——。
豊　うん。
啓太　冬ごもりのあいだ中、炉端でへえ、いろんな話をば、次ぎ次ぎ、語るだべァ。
豊　うん。
啓太　ではァ、不思議なもんがいっぺえ棲みつくでがす。ひそひそ、ひそひそ、冬中しゃべってるだがらの。
豊　そうかも知れないね。——あのおばあさんはどうした？　君、知ってるんだろう？
啓太　………。
豊　あのおばばだよ、神降しをしてくれた。

啓太　……寿屋できかねがったすか。
豊　いいや。
啓太　……とうに死んだす。
豊　そうか。——安田君。君は神隠しに逢って行方が分らなくなったことになっていたが、あのおばばのところへ行ったんだろう？
啓太　……んだす。けど、どっちも同じことでがす。
豊　同じこと——？　じゃ、やっぱり僕が思っていた通りだ。僕はあの頃から、君はおばばのところへ行ったんだと信じていた。僕はあのおばあさんのことも、よく思い出したものだよ。どうしてだか、よく思い出すんだ。
啓太　…………。
豊　おばばのところへ行ったことと、神隠しに逢ったことは、同じだというのは、どういうことなんだ？　面白いことを言うんだね、君は。
啓太　…………。
豊　じゃ、君はあの——。（言いかけた言葉が跡切れる）
啓太　…………。（ゆっくり眼をあげて豊をみる）
豊　（ふと、啓太の視線にたじろぐ）…………。

啓太　おらァ、ちょっと——。いま、何時だべか。
豊　——三時、少しまわったところだ。
啓太　なら、すぐ戻ってくるすがら——。わらしに乳ば飲ませねばならねす。
豊　わらしって——。
啓太　雪乃のわらしだす。
豊　雪乃……あの雪乃さんのことか！
啓太　んだ。
豊　——じゃ、君は雪乃さんとずっと一緒だったのか。そうなのか？　あれからずっとか？
啓太　……一緒だったす。
豊　そりゃ——。（混乱した感情を抑えて）わらしも産れたわけなんだね。そりゃ、よかった。なんだか不思議なような、いや、不思議なんて、そんな言い方はなかったな。仕合せな結果になってよかった。そうか。ほんとうによかったね。
啓太　あとで、雪乃に会われすか。
豊　だって、ここにいるんだろう？
啓太　——んだ。

豊　それならむろん会いたいさ。君の奥さんを改めて紹介してくれ給え。もう僕のことは憶えていないだろうけど。
啓太　(うつろな暗い眼で豊を見る) いま、こっちさ来るす。
豊　どこに――。

啓太、のろのろと歩き出す。
雪乃、滑るような軽い歩幅で来る。

雪乃　啓太、なにをしていたんじゃ。わらしが乳ば欲しがっとるでないがえ。早ういがねば。
啓太　…………。(去る)
雪乃　(婉然と笑って) ようみえられたなす。あれは、あっけ者でござりますけえ、お庭のご案内なれば、私に言うて下さりませえ。気のつかんことでござりすたなす。ご免をいただきます。
豊　いいえ――。
雪乃　(媚ともみえる微笑) ご本殿の方はもう御参詣なされすたか。

豊　いいえ。
雪乃　それならお詣りなされませえ。ここは羽黒山の末社でござりますが、由緒の古いお社で、篤くご信心をばなされすたら、かならずお恵みを賜わりす。さ、こちらへおいでなさりませえ。
豊　僕は――。（眩しげに視線をそらす）安田君に会いに来たので……見物にきたのではないんですから――。
雪乃　啓太に？
豊　ええ。あなたのご主人にです。
雪乃　主人？　――。（笑う）
豊　僕はご主人の旧い友達なんです。
雪乃　啓太がなにを申しましたやら。（笑う）私は主人というものは持ちませぬ。今までもこれがらさぎも、主人を持たぬ心でござります。ひとりが好きでござりますけえの。
豊　僕は、何か思いちがいをしたのかなァ。安田君はあなたの――。
雪乃　あれは下男だす。
豊　下男――。

雪乃　はい。
豊　からかうのはやめて下さい！　安田君は子供があると言いましたよ！　あなたの子供だと言いました。
雪乃　あなたはまこと剽軽《ひょうきん》なお方すな。わらしを産みましたは、私でござります。けどあれは啓太の子ではござりません。とんと早合点をなさりすたなァ。（笑う）
豊　雪乃さん――。
雪乃　私を御存知――。どごぞでお目にかかりますたかなす。よう憶えがござりませんが。（笑う。瑞々しく艶色があふれる）ならあなたのお名前は？
豊　僕は……伊藤、豊。
雪乃　ふうむ（じっと見つめる）――。
豊　いいんです。思い出してくれなくてもいいんだ。僕はあなたに思い出してなんかもらいたくない。僕はそんなことのために来たんじゃないんです。
雪乃　どうなされすた。おかしいお方じゃ。（低く笑う）
豊　（われにもなく感情を乱されて）そう。おかしいでしょうね、きっと。僕は知りたかったんだ、安田君が、神隠しに逢った安田君が、どうなったか知りたいと思いました。なぜそんなに知りたいのか、僕にも分らない。ただ無性に、この何年間か、

雪乃　僕は知りたくてならなかったんです——。それだけのことです。

豊　（楽しげに豊を眺める）東京では何をしておられすか。会社のようなとごへお勤めをばなされすか。

雪乃　ええ、その通りです。ごたごたした、賑かといえば賑かな、多少はさっぱりと片付いてもいるけど、よくあるでしょう、そんな町に住んでます。朝、七時四十五分に下宿を出て、駅から五十五分で会社へつきます。僕はカード室の係ですから、伝票と計算機とカードで一日暮すんです。もっとも健康体操というのを、休憩時間にやります、十二分間。

豊　（笑う）それがら？

雪乃　あとは同じですよ。もう一度五十五分間電車に乗って帰るんです。駅から下宿まで約八分歩く。菓子屋の手前を左へ曲って、五、六、七軒目。

豊　（笑いころげる）

雪乃　いつもこんな言い方をするわけじゃないんです。（眉をよせる）

豊　豊さんと言われすたなす。——御本殿の方へおいでなされませえ。（そばへ近づく）ミイラもありますがのう。

雪乃　……（少し身を退く）ええ、憶えています。よく憶えています。

雪乃　なら、もう一度拝まれたら、あなたさまのお望みは何んなりと叶えてもらわれす。めったなお方にはお見せはせんのすが、あなたさまなら、お連れすてもええすなす。

豊　…………。（ためらう）

雪乃　おそろしうなられすたか。

豊　いや――。僕は前に見たといったでしょう。もうたくさんですね。

雪乃　ミイラは二つありますがな。

豊　二つ――。

雪乃　おばばのミイラだす。男体《なんたい》と女体《にょたい》とでござりますがのう。

豊　……（息をのむ）なぜ僕に、それを見せたいんです。

雪乃　あなたは啓太に逢いにこられたのではのうて、雪乃に逢いに来られたのじゃ。違《ちご》うたすか？（微笑）そうすなす。

豊　…………。

雪乃　雪乃に逢われたいのじゃったら、のちほど御本殿の方へおいでなさりませえ。

豊　いつ――。いつだ！

雪乃　神楽が終りましたら――。（にっと笑って渡廊下を去る）

豊、放心したように見送る。
物蔭にひそんでいた秀光、耐え切れずに祈りの声をあげる。

秀光　南無！　金剛蔵王菩薩よ！　わだくしのために、憂ぎ悩みのないとごろをばお説き下されえ。わだくしはそごさ参りたいと願うておるす。この現世《げんぜ》の濁り果でたとごろは、耐え難うござりす。この汚らわしぎとごろは、地獄と餓鬼と畜生とに充ぢで、不善のあつまりでござりす。ひとえに願うとごろは、金剛蔵王菩薩よ、わだくしに浄土をばお示し下されえ！　（転び出て地に伏す）
豊　――どうされたというのです！　あなたはさっきの――。
秀光　――宮司補の秀光という者だす。
豊　いったいどうしたんです。
秀光　――も早、何を申さずともお分りの筈だ。雪乃は魔性の女《おなご》す。そしてわしは畜生に堕ちた男す。
豊　宮司補さん。それでは……雪乃さんのわらしの父親というのは――。
秀光　いや、違うす。わしではありません。（衣服の乱れを直して）まこと見苦すい様をばお見せすたす。どうか忘れて下されるか。恥じ入りす。

豊　まったく僕は驚くほかありません。いったいここに棲んでいる人達は、どうしたというんです。

秀光　恥じ入りす。雪乃というはああした女だすが、それをばえっぐ知り抜いておって、あの女がら何とすても離れるごどが出来ながったす。何んとすても……わしも啓太もでござりす。

豊　そしてあなたは、僕らの話を立聞きせずにはいられなかったのですか。

秀光　（顔をおさえ、啜り泣く）…………。

豊　（軽蔑といらだたしさで）…………。

御本殿の奥で奏する神楽がきこえてくる。奥深い建物の内部から伝わってくる奏楽は、低く重く心をゆすぶるようだ。

秀光　ああ──雪乃が舞うているのす。雪乃──。（呻く）

豊　（呟く）あの女の言った通りだ。僕はあの女に逢いにきたんだ。僕も神隠しに逢いたくなったんだ。

秀光　やめなされ──やめなされ。（身悶え）

豊　宮司補さん。あなたが啜り泣こうと、呻き声をあげようと、身悶えしようと金剛蔵王菩薩を呼ぼうと、僕はあの女に逢いに行きます。あの神楽が終り次第、僕は行きます。さあ！　あんたは自分の巣へ帰ったらいいでしょう。

秀光　なら、そうなさるがええす。（震えがとまらず）も早、とめ立ては無力とえっぐ知っておるす。わすも男じゃけえ、分らん筈はない。行ぎなさるがええ。雪乃の舞うところをあなたの眼《まなご》で見なさるがええ。雪乃は二体のミイラどもの前で美しう舞うておるけ。あの女は本朝の衣通《そとおり》、天竺の韋提希《いだいけ》のごと美しい女す。けど、あの女こそは、色《しき》、声《しょう》、香《こう》、味《み》、触《しょく》、五欲五毒の頭首《かしら》でござります。

豊　そう。おそらくね。しかしもうお話はたくさんです。

秀光　あんたもやがて、わしゃ啓太と朋輩同類じゃ。あんたはおばばのミイラをば、誰が作ったと思うすか。

豊　なに——。

秀光　もうお分りじゃろが。

豊　（蒼ざめて）安田、啓太ですか。

秀光　左様。

豊　………。

秀光　次ぎには啓太のミイラをば、わしが作らねばならなぐなりす。いがに見下げ果てた男になりさがったわしでも、そのような羽目にはなりとうないじゃ。

豊　…………。

庭へ若い男が二人くる。防水帽と防水外套に全身黒ずくめに包んでいる。まだ灯のつけてないランタンを携える。

男1　(静かに) 秀光さ。仕度ばせんのかの。
秀光　……いまいぐ。
男2　(静かに) 早うせねば遅れるど。
秀光　分っとる。
男1　潮の様子は上乗じゃ。今夜をばのがすたら、またあんたの気が変るべや。
男2　もうはァ二度とは待ってやらんど。
秀光　分っとるじゃ。わしの部屋さ行っていてけれ。用意は出来とる。
男2　まんだ迷うておるんではねえがや。
男1　したら、おらだちもあんたを見限るど。三十分待つでや。

男2　こねばこねえでええじゃ。おらだちは出かけるけえのぅ。
秀光　分っとる。

男たち二人、去る。

秀光　伊藤さん。わしは今夜、あの灯台岬から舟ば出して、沿海州さ渡るす。
豊　ええ？
秀光　あんたにだけ打明けるんじゃ。
豊　沿海州へ？
秀光　んだ。ソ連さいぐす。もちろん密航だす。あの灯台岬からは、もう何人も日本人が密航してるのじゃ。
豊　それは危険だ！　見つかったらどうするんです！　なぜそんなことを……雪乃さんのためですか。
秀光　んだ。わしは、日本のうちにおっては、いかにおのれを厳しぐ責めても、いづかはきっと雪乃に逢いだくなるす。わしも神隠しに逢うた男じゃ。こうせねば呪文さ解げねえと分ったす。――伊藤さん。わしを連れていぐ今の男らも、なにかかにか、

　呪文さ解げねぐなって、日本がら逃げ去る男だちだす。

豊　そう――しかし、あの海峡は、ずいぶん浪が荒いんじゃないですか。

秀光　んだす。風も荒いす。密航の舟は十のうち、七つがら八つまでは転覆するす。沖にはもう流氷がきてるすがら……けど、いまが密航にはいちばんええ時なんじゃ。

豊　宮司補さん。大丈夫でしょうね。

秀光　……源ノ九郎判官義経公も、丁度いまの時節にあの海峡さ渡ったす。（舞う）――「さてもこの時、判官義経公の思えらく、破鏡ふたたび照らさず、落花また枝に帰らず、われとわが身を苦しめて、修羅の巷《ちまた》に寄り来る波の、月にしらむは剣《つるぎ》の光、潮《うしお》に映るは兜の星影、水や空、空行くもまた雲の波、弥猛心《やたけごころ》の梓《あずさ》弓、身を捨ててこそ名をとどむべき」――わしは行ぐす。

豊　宮司補さん。御無事を祈らせて下さい。

秀光　ありがとう。

　渡廊下へ啓太がうろうろと来る。小さな赤児を抱き、血走った眼である。豊と秀光をじっと執拗にみつめる。

啓太　豊さ――。豊さ。あんた御本殿へは行がねえだべす。――行ぐだがや。
豊　行かない。絶対に行かない！
啓太　宮司補さ。あんだは？
秀光　行かんど。絶対いかんど！
啓太　ほがに誰か男のお客さんおるすか。
秀光　誰もおらん。だァれもおらんわ。
啓太　――そうすか。そんだばええ。そんだばええ――。
秀光　伊藤さん。それでは――。（黙礼して去る）
豊　………。

啓太、庭へ降りてくる。赤児を寝せつけるために、ゆるくゆさぶりながら、しかし豊を監視するために、ゆっくりと行ったり来たりする。低く子守唄を唄う。
〝ひとつ咲いても、桜こは桜こ
ふたつ咲いても、桜こは桜こ
みっつ咲いても、桜こは桜こ〟

豊　（耐え切れなくなって）安田君！
啓太　………。
豊　僕は、もう帰るからね。君に逢えたし……東京へ帰ることにするよ。
啓太　もう帰るすか。今夜ここさ泊るんでねがったべか。
豊　さっきはそのつもりだったけど、考えてみるとそうしてもいられないんだ。仕事が忙しいからね。
啓太　なら……また来るすか。
豊　さあ。多分もう来られないだろう。安サラリーでは旅行なんか仲々できないからね。それに、ここは遠すぎるもんな。
啓太　――そうすか。
豊　じゃ、君も元気でね。雪乃さんによろしく――。
啓太　豊さ！
豊　うん？
啓太　豊さ。おらァ、ほんとは……。
豊　ほんとは、なんなんだ。

啓太　（涙を流す）おらァ、あんたに逢えてうれしがった。思いがけねがった。
豊　うん――。
啓太　うれしがったけど、切《せつ》ねがったす。
豊　もういいよ。僕だって同じさ。
啓太　豊さ、おらァ、懲役にやられたんじゃ。
豊　懲役？
啓太　おらの十八の時だった。おらァ、何んにも悪いこたァしねがった。おばばが死ぬ時、おらに言うたんじゃ。おばばが死んでも、墓の下さ埋めねえでけれと、おらに頼むんじゃ。焼いだり埋めだりしねえで、こうこう、すかずかにすろって、おらに言い残したんでがす。――あんたあれをば見たがや。
豊　見ない！　僕は見たくない！
啓太　おらァ、おばばに教えられだ通りにすただけだ。けど、裁判さかけられたんだ。おらァ、懲役にいがされた。（啜り泣く）
豊　君は……。（抑えていた怒りが発して）僕はもう君のことなんか思い出したくない。君は、何んということを君はしたんだ。醜悪だよ！　奇怪だよ！　吐き気がしてくるよ、僕は！　――よくも君は気が狂わなかったもんだ。よくも今まで生きてこられたもんだ。
啓太　おらァ、とうに気が狂うたんじゃ。狂うているから、こうすているんでねえすか。雪乃のそばにおって、雪乃のするままになっておるんじゃ。おらァあの女がしんぞこ憎いんじゃ。おらの胸の中さ焔が狂いまわって、体中に釘さうちこまるるようになるんでがす。
豊　僕は君に同情なんか出来ない！　君とけだものと、どれだけの違いがあるというんだ。苦しむがいいんだ！　焔だの釘だのって、そんなものは君が勝手にこしらえたんじゃないか。
啓太　んだ……んだ……。（泣く）
豊　僕にもやっと分ってきた。おばばが、なぜ君にそういう事をやらせたか、その理由がだ。（怒りが恐怖に変って）そうなんだ。おばばは死んだあとも、君に命令しているんだ。君を、おばばと雪乃の下男にしたんだ。そうなんだ！　おばばはミイラになって君の魂をさらって行ったんだ。君は魂を引き抜かれて、雪乃をあてがわれたんだ。
啓太　んだ、んだ。
豊　いっそ君なんか死んでしまうがいいんだ！　虫けらのように踏みつぶされてしまえ

ばいいんだ！

啓太　おらァ死にてえす。死んだよりも、もっとえぐねえざまになったす。

豊　そうさ、その通りさ。しかし君には自殺なんか出来やしないよ。たまらないなァ！　なんだって僕は君を訪ねて来たりしたんだ。君に逢ってみたいなんて、馬鹿な気紛れを起こしたんだろう。これからさき、僕は君のことを思い出すたびに吐き気がするに違いないよ！

啓太　……おらァ、いづかきっと、あんたが訪ねてくるだべすと思っていた。一度は来るにちげえねえと思ったす。

豊　どうして。（注目する）なぜだ。

啓太　……おらだちは、めいめい、ひとりぼっちだではァ。――根こそぎ、なんもかんも、失くした仲間でねえすか。田舎で疎開わらしになったまま、おらだちは世間がら置きざりにされた迷子だべァ。――普通の迷子だら、親さ呼んで泣ぐだべが、おらだちには親もねがった。おらだちは、みんながら忘れられてしもうたんじゃ。

豊　………………。

啓太　おらァ、自分がこんなでねがったら、おらの方がら、あんたを訪ねでいぎたがったす。――あんたに逢いてがったが、恥ずがしぐて行がれねがったんじゃ。

豊　……分ったよ、安田君。僕は君を悪い人間だなんて思わない――。
啓太　ほんとだべか？
豊　ああ。僕は君にひどいことを言ってしまった。済まない――。
啓太　……おらァ……。（泣く）
豊　あの頃の仲間はどうしたかなァ。正男というのは、山奥の製材所へ行ったし、勇一というのは下北の漁師にもらわれていった。
啓太　けど、豊さは仕合せになってえがったす。
豊　そう見えるかい？　僕はもう、七十歳の老人のような気がするんだ。疲れたよ、僕は。
啓太　（突然、低く、ああ！　と声をあげ不安の表情に変って立ちあがる）早う――。
豊　どうしたんだ！
啓太　早う帰ってけれ。（おろおろと）豊さ。おらに約束してけれ。雪乃に逢わねえと約束してけれ。おらの頼みだはァ！

渡廊下を滑るように雪乃くる。
瞋《いかり》と侮蔑に燃えるような視線で豊と啓太を眺める。

豊　（声をあげんばかりにみつめる）…………。
啓太　雪乃――。（哀願）雪乃――。
雪乃　啓太。わらしをこっちゃへよこすのじゃ。――お前には抱かせてやらんのじゃ。
啓太　雪乃――。
雪乃　早う！
啓太　（おずおずと赤児を渡す）
雪乃　――お前が豊さんを邪魔だてしたことはえっぐ分ったど。啓太の腐れ者！
啓太　ゆるしてけえ。ゆるしてけえ。おらァそんだばこたァしねがった。
雪乃　啓太は犬のようじゃなァ。下男の役もお前にはつとまらん。豊さん。早う帰りなさるがええす。あんたのような臆病なお人は、雪乃もきらいじゃ。もう二度とここへは来なさらぬがええすなす。
豊　僕も、（声がひきつる）僕もあなたのような人は……あなたは、五欲五毒の頭首《かしら》だ。僕はあなたの下男には、ならない。なりたくない。
雪乃　（笑う）早う帰られて、雪乃を思い出されたらええすねす。そして雪乃を罵られたらええのじゃ。なして雪乃に逢おうとなされすたか、えっぐお分りになるべっしゃ。（赤児をゆすりながら）ひとつ咲いても、桜こは桜こ——ふたつ咲いても、桜こは桜こ——。

豊、魅入られ、われを忘れ、渡廊下の雪乃の足許へ手を差し伸ばす。雪乃、その手を踏む。交互に踏みつけながら唄う。

雪乃　みっつ咲いても、桜こは桜こ——（低く笑う）——よっつ咲いても、桜こは桜こ——。

豊　（虚脱したように雪乃を見あげている）

雪乃　（笑う）いつつ咲いても、桜こは桜こ——。ななつ咲いても……。

啓太、突然地面に身を投げ出す。

啓太　かいそんさまあ！　かいそんさまあ！　かいそんさまあ！

啓太、胸をかきむしり、地面を転がりまわりながら、なお海尊の名を呼ぶ。

豊、激しく衝撃をうけて啓太をみつめる。

…………

雪乃、二人の男の姿を快げに眺めながら、驕慢に無邪気に笑いつづける。

（暗転）

（その二）

同じ庭、わずかな時が経過して、落日が夕暮れに移っている。

啓太ひとり、悶絶して息たえたごとく倒れている。

灯台の光が回転する。

…………

遠くから近づいてくる琵琶の音と共に、海尊の声が聞える。

〝……下野の左馬頭義朝が末の子、九郎義経とて、わが朝にならびなき、名将軍にて、おわしけり〟

啓太、よろめき起きる。

初老の男がゆっくりと歩いてくる。着古した背広に半白の髪は無帽。停年退職者の如き風態、琵琶を抱くさまに両手を胸のあたりに挙げている。

第三の海尊　これは都より遥る遥る下ってまいった、常陸坊海尊が成れの果てでござりす。さても久しう都に棲み古りて七百五十年。（琵琶をうつ）風塵の巷の生計《たつき》に討《ち》ち敗れ、身にこうむりし深傷《ふかで》浅傷《あさで》、あえなぐも戦場に取り残され、味方を呼べども答《いらえ》はなぐ、潮をなして遠去かる。（琵琶）義経公を裏切り奉ったわが身の罪の報いはかくぞと、今こそ思い知られて候。またもさ迷い下りし道の奥の、情《なさけ》ある心をば尋ね申さん。（琵琶）

啓太、海尊の前に這いよる。

第三の海尊　おお。なにごとかの。
啓太　海尊さま。どうかおらをあんたのお弟子にしてけえされ。おらァ罪深え男でござりす。あんたのお供をばさせてけえされ。おらァ哀れな虫けらでござりす。（泣く）
第三の海尊　いだわすいお人じゃ。けど海尊は文治の昔から、弟子を持たず、同行はせぬが定法でござります。
啓太　どうすたらええべす。おらの助かる道をば教えてけえされ。おらァ生ぎながら死に腐れていぐ男す。お慈悲じゃ。海尊さまのほが、おらの頼むお方はねえのじゃ。
第三の海尊　（つくづくと見て）あんた、もすかすたら、わしとおなじく、海尊法師でねえだべか――？　どうもそうらすいでや。さ！　ともがぐも、すっくと立ってみなせえ。
啓太　（もがき這いまわって）おらァ、おらァ、立てねえす。地面がおらを吸いこんでいぐ。おらを引っぱりこむじゃ。助けてけえされえ――。
第三の海尊　ふむ。わしもあんだのようであった。まこと見苦すいのう。なして恐ろすいのじゃ。あんだよりも罪科《つみとが》の深けえ悪人も化生《けしょう》も、この世にはおらんでねえすか！　それ！　（琵琶を強く弾く）
啓太　（よろよろと立つ）…………。
第三の海尊　おお！　わしの思うた通りじゃった。あんたの胸さ、琵琶があるす！（うやうやしく一礼する）――さ、弾いてみなされ。あんだの音色をば聞こう。
啓太　どごに？　――どごに？
第三の海尊　まこと、青道心というは世話さやけるもんだす。こうするだっちゃ。ほれ、打ってみなさるがえぇす。

啓太　（両手を胸のあたりに挙げてうつ。琵琶が鳴りひびく）あぁっ！　鳴ったす！　鳴ったす！　（かき鳴らす）

第三の海尊　んだ……んだ……ええ音色じゃ。まことええ音色じゃのう。

啓太　ああ！　（悲しみ）おらが海尊とはのう、知らねがったす。おらのような者の懺悔を、いずこの誰が聞いてくれるだべか。どごさ向いて行ったらええべ。

第三の海尊　あんたを待っておる人はたあんとおるじゃ。残りのう、罪をつぐのう心をば失いなさるなよ。なら、あんたは南の方さ行ぐがええす。わしは北の方さ旅にいごう。――海尊どの。あんじましぐ息災堅固でのう。

啓太　へえ。あんたも息災堅固で――。

両者、うやうやしく礼を交わし、背中合わせに方向を定め、琵琶をうちながら静かに歩き出す。

第三の海尊

第四の海尊　（声を合わせて）世の人々よ、この海尊の罪に比ぶれば、みなみなさまはまこと清い清い心をば持っておるす。わしは罪人のみせしめに、わが身にこの世の罪科《つみとが》をば、残らず身に負うて辱かしめを受け申さん。わが身の罪に涙を流し、身の懺悔をばいたすために、かようにさすらい歩いて七百五十年。(琵琶)思えば思えば、この海尊が罪のおそろしさを、なにとぞ聞いて下されえ。

二人の海尊、去る。琵琶の音、なお聞えつつ遠去かる。

回転する灯台の光。

――幕――

近松心中物語

登場人物

亀屋忠兵衛
遊女　梅川
傘屋与兵衛
〃　お亀
丹波屋八右衛門
傘屋長兵衛
〃　お今
太鼓持弥七
〃　勘八
傘屋丁稚長松
九重太夫
遊女　白菊
番太
柏屋の仲居

お大尽
使い走りの女
出前持
引舟女郎
太鼓女郎
傘留女郎
柏屋　番頭
〃　男衆
〃　仲居たち
禿《かむろ》たち
あぶれ者
のら男
遊女　掃部《かもん》
〃　千代歳《ちよとせ》

〃　鳴戸瀬《なるとせ》
〃　土佐《とさ》
〃　遠州《えんしゅう》
遣手　お綱
槌屋平三郎
青手代
青職人
亀屋後家妙閑
亀屋番頭伊兵衛
亀屋若手代
亀屋丁稚久作
番頭（亀屋の取引先）
お鶴
お光
お清（越後屋の女主人）
小女郎《こめろ》

小役人
捕吏
辻君
漁師
流連《いつづけ》の客
地廻り
芸人
太鼓持
遊女
更紗禿

第一幕

（その一）

大坂　新町　通り筋

二階造りの揚屋、八文字屋、柏屋などが軒を並べている。二階座敷には流連《いつづけ》の客が遊女、太鼓持、末社を集めて遊興中のさま。

街路には大門口から繰込んでくる嫖客たちの群。騒ぎ唄に浮かれながらの常連、素見客《ひやかし》、野暮ったい田舎大尽風の連れ、それらにまつわりつく太鼓持、廓者の男女、地廻りのやくざ、嫖客めあての芸人、物売など。

騒ぎ唄

〽のんやほほ　のんやほほ
はんやし　たふてんとさ
さあし　たふてんとさ
恋はさまざま　恋はさまざま
逢恋　待恋　忍恋
恨みの恋に　別れの恋
しどけ態振《なりふり》　みだれ髪
しめて寝る夜も飽かぬ身の
よるこい　よるこい　よる恋さまよ
のんやほほ　のんやほほ
さてもつれなの金銀さまや
たとひこの身は　たとひこの身は
ほっつきあげて(註1)　ほっついて
からりちん(註2)の　すっぺらぽん
とても浮世じゃ　ぬめりて暮そ
よるこい　よるこい　よる恋さまよ

のんやほほ　のんやほほ
くるは　くるはの　連れて廓の
さらばへ　おっとせ
頼むによ　成らぬにさ
嘘つきめ　傾城め　貧乏め
変化《へんげ》る　変化る　ぽいとこな
よるこい　よるこい　よる恋さまよ
のんやほほ　のんやほほ〽

（註1　入れ揚げて）
（註2　一文無し）

柏屋の二階から太鼓持弥七、八文字屋の二階の同じく太鼓持勘八、張合って掛合歌の応酬になる、末社たち声を合せて煽る。

掛合唄
〽嬉し嬉しが三《み》嬉しござる

初手にござっても振られぬ嬉し
宿の首尾さへ　首尾さへ嬉し
一つ枕に寝る嬉し
るるんるる身は　しん知らぬ
しっとん　しっとん　しっとんとん
つくつく　てんつく　どんがらが
笑止々々が三笑止ござる
一に貸す首尾　二に遅い首尾
明けの鳥に限りの太鼓
ならぬ貰ひの約束笑止
るるんるる身は　しん知らぬ
しっとん　しっとん　しっとんとん
つくつく　てんつく　どんがらが
辛気《しんき》々々が三つ四つござる
語る辛気に語らぬ辛気
可愛ごかしか本心か

咲いて乱れて　辛気やもんきや
るるんるる身は　しん知らぬ
しっとん　しっとん　しっとんとん
つくつく　てんつく　どんがらが
床し床しが三床しござる
御簾《みす》の内より薫るが床し
忍び忍びの一声床し
逢はで焦がるる身ぞ床し
るるんるる身は　しん知らぬ
しっとん　しっとん　しっとんとん
つくつく　てんつく　どんがらが〜

街路の嫖客たちも浮かれ立って調子を合せ、笑いさざめく。人数が増して行く。
揚屋入りの九重太夫の一行が近づく。ざわめき立つ群集たち、道をあけて目ひき袖ひき噂とりどり。

全盛第一の九重太夫の道中がくる。引舟女郎、太鼓女郎、禿たち、傘留女郎などまで華美をつくして、八文字屋へ入る。

見送る群集の中に揉め事が起きたらしい。次第に小ぜり合いになる。あぶれ者と、のら男のそれぞれ二、三人組。

〝偉そうにいぢむぢぬかしよるのはおどれの方じゃ、わいらに因縁つけょう魂胆か。ええ加減にほうげた聞かすない〟

〝言うたのう阿呆ったれめ。そのほたえ面《づら》がたまらんわい。おのれのようなきょろ作(註3)が、この色里へまぐれこんでからに、掛行燈《あんど》の名ァ一つ三つ覚えくさって、ええ男のつもりかよう〟

〝ほならおどれは何者《なにもん》じゃい。おおかた巾着のいかのぼり(註4)やろ。はばかりながらおどれらの指図はうけんわい。悪態《あくて》口たたきよってどやされんな〟

〝ぬかすわ、このうんてれ！　さかしまにぼしこまれんさきに、在所へ戻って猫のひげでもねぶっちょれ〟

〝そやそや、ここはおのれらの来るとこやないでェ。あっちゃの浜へいて、端《はし》た女

郎でもせせってけつかれ。十文出いたら、おかたじけえ、ちゅうて横になりよるわ〃（せせら笑う）

〃そこらが分相応よ。ああ臭せえ臭せえ、肥だめ臭せえわ〃

〃なんやと！　いけどう掏摸《ずり》め！　その腮骨《えらぼね》ぶっくぢいたる！〃（つかみかかる）

〃くるか！　へげたれめが！〃

〃まァま、やめとき。喧嘩はご法度やぞ〃（と、足払いをかける）

〃たたっ……うぬ！〃

〃やったれ！〃

〃ど阿呆！〃

〃がらくた！〃

（註3　田舎者）
（註4　一文無し）

本気の掴み合いになる。群集は遠巻きにして見物する。六尺棒を抱えた番太が走ってくる。

〝やめい！　やめい！　出て失せろ！　どやつじゃ！

あぶれ者ものら男も、六尺棒をみて群集の中へ逃げこむ。女たちの悲鳴。男たちの大声。

〝あっちゃへ逃げた！　こっちゃじゃ！　あこやあこや！〟

追いかけまわす番太に足払いをくわす者。

〝掏摸や！　掏摸がおるでェ！　気ィつけろ〟

〝やられよった！　そやつが掏摸や！〟

〝とらまえろ！　あいつやあいつや！〟

騒ぎが大きくなる。

八文字屋の二階に勘八、お大尽、三宝を持った禿が姿をみせる。三宝には小判、小粒などが盛ってある。勘八と禿、群集の上へ掴み投げに金銀をばらまく。

群集は呆気にとられて二階を見上げる。

勘八　やいやい。よう聞いた聞いた。あんまり表が騒《そう》がましいよってに、九重さまが気《き》合《あい》が悪いとおおせるんじゃ。縁起なおしにお大尽さまが、ご祝儀せいと仰せや。さあみんな、験《げん》なおしのお宝や、拾うた拾うた！　（ばらまく）

群集、歓声をあげて争い拾う。勘八と禿はばらまきながら二階を横手の方へ廻って行く。

群集は金銀の雨を追って横手の方へ雪崩れ去る。

二階に残ったお大尽のそばへ、九重太夫がふんわかと寄添う。機嫌がなおった様子。


…………


柏屋の表口から、遊びほうけた傘屋与兵衛がぼんじゃりと出てきて、八文字屋の二階を見上げている。

柏屋の仲居が、若旦那《だな》さんと呼びながら出てくる。

仲居　こないなとこにおいなはったんかいな。白菊さまがえろうおむづかりでござりますよって、早うお越しを――。
与兵衛　上には上のあるもんやなァ。
仲居　へえ？……（与兵衛の視線を追って）そらまァそうでござりますなァ。せやけどあなた様かて、歴っきとした大店《おおだな》の若旦那さんやおへんか。あないな俄お大尽より、男前かて人品かて、はるうか上でござりますがな。さ、お敵娼《あいかた》が待遠うにしてはりますさかいに――。
与兵衛　もうちっとここに居さしてもらお。えろうくたぶれよった。
仲居　（床几を直して）ほんまにちっとの間ァでござりますえ。
与兵衛　酒も飲みとうない。遊びも飽いたわ。
仲居　ま、なにをお言いますやら――。
与兵衛　あのお大尽はどこのお人や。
仲居　よう知りまへんけど、近頃北浜の米相場とやらいうもんで、仰山儲けはったお人やそうな。
与兵衛　金儲けに精出して、傾城買に熱うなって、偉いもんやなァ。わしなんど真似もでけへん。

仲居　弱気なこと言うてはります。鼠が笑いまっせ。

与兵衛　なんのう、鼠かて横向くやろ。

柏屋から弥七が出てくる。

弥七　与兵衛様――。つれない判官殿やなァ。われらを放《ほ》からかいて、静御前が泣いてはりまっせ。お敵にうしろを見せなはるとは武道の名折れ。ここは弁慶におまかせあって、まづまづ奥へ――。

与兵衛　おいてくれ。そないなあり合せは聞き飽いたわ。

弥七　若君には気鬱の病《やまい》。よっしゃ！　弥七めのとっておきの妙薬を差上げまひょう。枕躍《まくらおどり》でわっと騒ぎまへんか。

仲居　それとも竹本頼母《たのも》様を借《か》ってきて、浄瑠璃なとしたらどないですやろ。

与兵衛　そないに気ィを使うてくれんかてええのや。わしにかまわんと、お前らの好きなことして遊びいな。

弥七　そら愛想づかしですがな。われら家来共は、がさつでおますけど、若旦那のおためなら、明日の朝までかて逆立ちしてみせますわ。
仲居　ほんまや。なんやら寂しそうにしてはる若旦那さんをみると、あてらまで切のうなりますえ。
与兵衛　（気弱く）せっかくそないに言うてくれるなら、なんぞして遊ぼうか。
弥七　さすがさすが。またもご諚《じょう》の変らぬうちと、弁慶勇み立ち——。
与兵衛　その弁慶弁慶いうのんはやめてくれへんか。わしはあないどでえんときついお人は、名ァを聞いても寒うなるんや。
弥七　気の廻らんことで恐れ入り。
仲居　お優しいよってになァ。

傘屋の丁稚、長松が駆け寄ってくる。

長松　若旦那——。あっちこっち探しましたでえ。
与兵衛　長松——。こないなとこへ何んしに来よったんや。
長松　お家《いえ》さまのお供ですねん。
与兵衛　なんやて？

傘屋の内儀お今、綿帽子に顔を隠し、近づく――。綿帽子をとる。
与兵衛、慄え出して思わず弥七の後へ廻る。

お今　婿どの。そこにいやったかいな。
与兵衛　おっ母様……。
お今　（笑う）いつまでもぼんぼんで困ったお人やなァ。そない人様《さん》のあとへ隠れていなはらんと、よう顔を見せとくなはれ。
与兵衛　はい……。
お今　おうおう。機嫌よう遊ばせてもろたようや。顔色も晴れ晴れと、殿御ぶりも一段とあがりましたえ。
与兵衛　は……。
お今　（弥七たちに）与兵衛の姑でござります。婿がえろうお世文字《せもじ》さまになりましたそうな。こない門口で粗略でっけど、厚うお礼を申しますえ。
弥七　へえ――。
お今　婿どの。せっかくの楽しみのとこを済まんことやが、お前を迎えにきましたのや。

　これからすぐに帰りまひょう。
与兵衛　ええ？　わしを迎えに――？
お今　（笑う）あたりまえですやろ。この十日あまりも家へ寄付かんと、どこでどうしておるやら、お前の女房のお亀が、どない案じているか、ちっとは察したげなはれ。お父様《とと》やお亀だけやない、わたしにしてからが、もう寂しいて寂しいて。
与兵衛　せやけどおっ母様――。そらァちっと、話がちがいますやろ。
お今　そら何んのことですえ。
与兵衛　何んのというて……わしは、出ていけ出ていけと言われたよって、家を出ましたのんや。そらおっ母様かて、よう覚えていなはりますやろ。わしかて男ですねん。出ていけと言われれば――。
お今　（笑う）
与兵衛　何がそないに可笑《おか》しうござりますのや。
お今　これが笑わずにおられますかいな。わたしとお前は、姑と婿になる前は、切っても切れん叔母甥やありまへんか。叔母甥というたら親子も同然や。ちょこっとしたことで口争いもしようし、互に遠慮なしの言いつのり。売言葉には買言葉や。それも親身の間柄なればこそでっしゃろ。そないなことを根ェに持って、女房も親もふり捨てて、家へも寄付かんお前の心が悲しいてなりまへん。わたしが悪いならこの通りあやまるさかい、機嫌なおして帰りまひょう。

与兵衛 （半信半疑で）ほなら、わしの短気のせいで、こないなことになったんやろか。

お今 きまったァるがな。お亀と夫婦《めおと》別れさしたわけでもなし、勘当した覚えもなし、お前の家へお前が帰るのんに、なんの不思議のありまっかいな。（弥七たちに）お聞きのとおりでござります。うちうちのことをお耳に入れて、ほんにもうおは文字さまでござりましたなァ。この与兵衛は大切な娘婿、今日からは家業に精出してもらわなりまへんよって、どうぞお前さん方のほうから挨拶を切って、これを二度と寄せつけんようにお頼ん申しましたえ。よろしおすな。もし万々が一、与兵衛がなんぞ不心得を起しよって、お茶屋さん揚屋さんに出入りしましても、親許では一切存じよりは致しまへんさかい、くれぐれも御承知下はりませ。

話の間に、柏屋からは番頭、男衆、仲居たちが表口へ出ている。お今の弁説に押されて、へい、と答えるのみ。

街路にはぞめき歩く嫖客や通行人が物見高く立ちどまったり囁き合うなど。

お今　おおきにおやかましうでございました。——与兵衛、きなはれ。長松。若旦那さんの手ェ離したらあきまへんで。しっかりせえや。

長松　へーい。

柏屋の表へ、傾城白菊が人々をかきわけて出る。まだ十六、七歳の遊女。

白菊　与兵衛さん——。あんまりや。一生離れとうないと言やはったのは、みんな嘘か？　こちは死んでも忘れまへんえ。

与兵衛　白菊。かんにんしてや。——済まん——済まん——この通りや——。

ぐいぐい手を引く長松に曳きずられながら去る。お今、白菊を冷然と見て、去る。

人々に隔てられとめられながら見送る白菊。——わっと泣く。男たちに抱えられて奥へつれ戻される。（番頭、男衆、仲居たちの台詞いろいろ）

街路はまた何事もなかったような色町にかえり、ぞめき歩く嫖客や粋人が投げ節を唄ったりして通る。

〽ひとつ枕にしづみしなかも　憂きは別れの袖の露
〽われが思いはあの浮き雲よ　いづこ行方ぞ定めなき
〽なまじなまなか逢はずばかほど　ものは思はじさりとては

亀屋忠兵衛、物堅い商人の風態で、家を尋ねる様子でくる。軒ごとの掛行燈の名を確かめてみる。道を訊ねられそうな通行人を物色する。

忠兵衛　ちっと訊《た》ンねたいが、槌屋《つちや》さんというお家を知らんかいな。
使い走りの女　槌屋？　そら何んのご商売でっか。
忠兵衛　それがよう分らんのや。新町というよって、このあたりやろと思うのやが。
使い走りの女　知りまへんなァ。（去る）
忠兵衛　……足をとめて済まんけど、槌屋さんというお家を教えてくれへんか。
出前持　ああ、そのお家なら――。
忠兵衛　知ってか。

出前持　そのお家なら知らんなァ。（去る）

忠兵衛　（舌打）……。

丹波屋八右衛門が通りかかって忠兵衛を認める。

八右衛門　忠兵衛やないか？　――やっぱりそうや。珍しいとこで会うたもんやなァ。

忠兵衛　中の嶋の――。

八右衛門　こないな場所でおぬしに会うとは思いもよらなんだのう。あ、そうか、読めた。この新町のどこぞに助者《すけもの》をみつけよったそうな。図星やろ。

忠兵衛　ちょくらかしは置いてくれ。そないな浮気らしいことで、誰が店をあけて、こないなとこうろうろしょうかい。

八右衛門　とか言うてまぎらかしよる。（笑う）まァええわ。おふくろ様に告口なんどせえへんよって、ずいぶん楽しい夢をみましゃ。（行こうとする）

忠兵衛　八右衛門、まァ聞いてくれ。理由《わけ》はうちの丁稚の久作が、使いの帰り道で、こないなものを辻で拾うたそうな。（懐中から封書をとり出す）

八右衛門　手紙か。

忠兵衛　おおかた町の使屋《つかいや》が落しよったんやろけど、ほれ触ってみ、中に金が入っているやろが。
八右衛門　どれ――。なるほどのう。手触りでおおかた知れたる、一歩《いちぶ》やなァ。
忠兵衛　わしもそう読んださかい、丁稚から取上げて、送手に返やしにきたんや。宛名人はどこぞの在方の人やが、送手はほれ、新町、槌屋平三郎としてあるやろ。
八右衛門　ふむふむ。
忠兵衛　ぢっきに分るやろと思うて来てはみたが、なんぼ尋ヶねてもみつからんがな。
八右衛門　お主《ぬし》も真っこう律義な男やなァ。たかが一歩かそこらの金で、ご苦労はんなこっちゃ。放かいとけ放かいとけ。
忠兵衛　そうやろか。けど、わしもお主も飛脚宿が商売や。人様の大切な金を預る稼業の者が、たとい一歩でも粗末に扱うたら相済まんことやと思うがの。
八右衛門　そや。わしも念の入らぬこと言うた。返やしたげたらそのお人も喜びはるやろ。
忠兵衛　ほならもうちっと尋ヶねてみるよって。いずれまたどこぞで会いまひょう。
八右衛門　あ、忠兵衛。新町のなんという家やったかいな。そのう――。
忠兵衛　槌屋平三郎や。

八右衛門　分った分った。よう知ってるで。
忠兵衛　こりゃァ間《ま》んがよかった。どっちゃの方角や。
八右衛門　わしに蹤《つ》いてきいや。連れていて進ぜるわ。
忠兵衛　かめへんのか。
八右衛門　どうせぶらぶら歩きに来たとこや。わしゃお主とちごうて、日が暮れよると、先づ新町から堀江、南地、嶋ノ内、それから北の新地、新堀と、掛行燈《あんど》の灯《あかり》をみてまわらねば寝られぬ性分や。さァいこ。
忠兵衛　なァ八右衛門。親切ついでというては厚かましいが、頼まれてはくれまいか。わしは店の帳合を仕掛けたままで来てしもたんや。この手紙、お主から渡してやっても同じことやろ。槌屋と知合いなら双方にとってええことや。
八右衛門　そやなァ——。
忠兵衛　骨惜みで言うのやない。知っての通り店は番頭と丁稚ばかりや。母者はいてはるが、義理の母で、わしは養子の身分や。夜歩きしてはおられぬ。ここで帰らせてもらえまいか。
八右衛門　そらあかんわ。さっきお主が言うたやないかい。たとい一歩でも人様の大切な金や。手紙だけならわしが届けもしょうが、お主が直《ぢき》に渡さいでは済むまいが。

忠兵衛　……分った。ほなら案内してもらお。

八右衛門　（笑う）お主のように稼業大切によう勤めよる男が、ちっとばかり夜歩きしたからというて、なんぼ義理のおふくろ様かて、文句はつけられまい。まァわしが味良《あんじょ》うしたァるさかい。（歩き出す）槌屋というたら、新町のずっと端れの、米屋町《よねやまち》の方角や。ちっこい家やさかい、お主ひとりでは見つからんやろなァ。

二人連れ立って去る。

八文字屋の二階では音曲が始まり、禿たちの「のんやほほ踊」が始まる。

誘蛾灯に集まるように嫖客たちが寄ってくる。

（転換）

（その二）

大坂新町の端れ　槌屋の店先と塀外

格子を張った店先と、その横手に主人の居間からの出入口がある。

店先には抱え遊女の掃部《かもん》（汐）(註5)千代歳《ちよとせ》（影）鳴戸瀬《なるとせ》（影）が張店している。浄瑠璃本を読んでいる者、小女郎《こめろ》（おちょぼ）を相手に綾取り、拳《けん》などをして遊んでいる。店の前に出した床几には客引に出た土佐《とさ》（月《ぐわち》）と遠州《えんしゅう》（月）が退屈しのぎに腕相撲をしている。

（註5　揚代、汐は三匁、影は二匁、月は一匁）

土佐　それ！　もっと気張りいな。ほれほれ。
遠州　さァどや！
土佐　負けよる負けよる！　どっこいそっこい！　おててこてんや！　（勝つ）
遠州　ああしんど。とてもかなァん。わたいは力ないのんやなァ。
土佐　こないなことしてたら、ひもじうなってもうたわ。鰹の刺身を腹の裂けるほど食うてみたいなァ。わたいの在所では、仰山、鰹がとれよるのやでえ。
遠州　わたいはそんな生臭はいやや。胡桃《くるみ》あえの餅を重箱いっぱい食べてみたいもんや。
土佐　にわとりの骨抜きと山芋の煮しめもええなァ。伊勢屋の小倉饅頭はどやね。
遠州　ああ唾《つば》がわく。毎日毎晩茶粥と漬物ばっかりや。せめて夜食に蕎麦湯でも出してくれへんかなァ。

店から遣手お綱が出てくる。

お綱　なんやろ、お前さんらは。食べもんのことばっかり言うて色消しな。そない心掛やさかい出世がでけんのやでぇ。よそのお店を見ておみ。お客はんを味良《あんじょ》う寄せたァるがな。ちっと甲斐性出しんか。

土佐　分ってま。

遠州　すんまへん。

素見客《ひやかし》の青手代と青職人がぶらぶらくる。

お綱　もし立役さん。寄っていきなはれ。なァ遊んでいきなァれ。ええ妓《こ》がおりまっせ。

土佐　情知《わけ》りさん。ようこそ――。

遠州　ちっと気散じしていきなァれな。

土佐　わたいを焦れ死にさす気ィかいな。

青手代　お前今日はすす払いの手伝いにいたそうな。

土佐　そらなんえ。
青手代　えろう鼻の穴が黒いでえ。（笑う）
青職人　そないに天井むけてたらくたぶれるやろなァ。（笑う）
遠州　あくちゃれはん。そこが可愛らしてならんやないの。好いたらしいお人や。
青職人　言うてくれるわ。外端《そつぱし》女郎！
土佐　うち大嫌いやわ。（抱きつく）にくてらしいこと言うて——。
青手代　その手は桑名の三日市や。また近日近日。（去る）
青職人　男を振るような女郎に逢うてみたいもんや。（去る）
遠州　なんや！　くされかぼちゃ。
土佐　文無しの畳提灯！　べかこう！

横手の出入口から、槌屋平三郎、忠兵衛が出てくる。

平三郎　なんのおかまいも致しませえで申訳もござりませんなァ。僅の金子を届けて下はりまして、ほんにありがとうさんでござりました。
忠兵衛　そないに言うて下はるほどのことではありまへん。かえってご造作《ぞうさ》をかけたようや。ほならこれで――。

平三郎　あの、これをご縁にまたお越し下はらんやろか。こないなとこでお気に入らんやろとは思いますが、商売気で言うのやありまへん。お人柄が、失礼やけど気に入りました。またお目にかかりたいもんやと思います。

忠兵衛　そのご挨拶では痛み入ります。

八右衛門が忠兵衛を呼びながら出てくる。かなり酔っている。

八右衛門　これ！　なんで帰るんや。せっかくご亭主もすすめてくれはるのんに、帰らんかてええやろ。遊んでいきいな。

忠兵衛　お主もちっとひつこいぞ。遊ぶなら出直してくると言うてるのや。

八右衛門　なぜ今日ではあかんのや。

平三郎　まあ八様。人それぞれの思惑がありますやろ。わっさりといきまひょう。

八右衛門　この石頭は、四年前に大和の在所から、大坂へのぼってきよったまんまの田舎っぺや。色里の横も縦も知りよらん。ええか、よう聞け。お主が一歩の金を届けたのが運の尽きやねん。ここが米屋か酒屋ならかめへん。遊女屋へ親切ごかしをして帰る阿呆があるかいな。一歩の五倍十倍の金使うて帰るのんが男やで。

平三郎　もうよろしやろ。言えば言うほど角が立ちますがな。わたしは、帰ると言う忠兵衛様もお道理やと思います。忠様、お気にさえられんように願います。さァ、八様、奥へまいりまひょう。

八右衛門　帰れ帰れ。

二人、家へ入る。

話の間に、槌屋の抱え梅川が出先から戻って佇んでいる。小女郎《こめろ》が供についている。

忠兵衛、憮然としていたが、ふと誰かの視線を感じてふりかえる。

二人の視線が合う。——梅川、軽く会釈して忠兵衛のそばを通り抜けて店先の方へ行きかかり、半ばふりかえって、店へ入る。

忠兵衛はぢっと女をみている。——小女郎の肩をつかむ。

忠兵衛　いまの女郎衆の、名はなんというのや。

小女郎　梅川さんですえ。（店の方へ去る）

忠兵衛、ものに憑かれたように店へ入って行く。

お綱　おいでやす――。おや、あんさんは親方さんのお客人やありまへんか。ほんなら
　あっちゃの方へお連れしまほ。

忠兵衛　いや。そやない。（金をお綱に握らせる）店の客や。

お綱　これはまァ過分に――。どうぞおあがりやして。

忠兵衛　梅川に会いたい。

お綱　へえ――？

忠兵衛　頼む。

お綱　へえ。

お綱、梅川の名を呼びながら店の奥へ去る。
入れちがいに驚き顔の八右衛門がくる。

八右衛門　こりゃァどうしたわけや。おい忠兵衛。なにしにきた。

忠兵衛　出直して遊びにきた。
八右衛門　ふうん。
忠兵衛　さっきそう言うたやろ。
八右衛門　それにしても早い出直しや。まァ来たなら来たでええが、敵娼を決めたか。
忠兵衛　決めた。梅川や。
八右衛門　なに？　――（笑い出す）無茶苦茶言いな。お主、いつ梅川に会うた。お主の思いこみだけでは、なんぼ女郎衆かて、うんとは言わぬぞ。恥をかくのがせいぜいや。それに、気の毒やが梅川はわしが先口や。明日の昼まで揚げ切りで、どこへも貸さん約束じゃ。あきらめて帰るか、改めてほかの妓様《よね》に申入れをするか、わしが談合に乗ってやらんものでもない。さァどないなと早う返事しい。

奥から梅川がくる。

梅川　忠兵衛さまとお言いましたなァ。ようおいなはりました。さっきにから待遠うにしていましたえ。
忠兵衛　梅川――。

梅川　忠さま。うれしうござります。遊女の果報とはこのこと、わたしにとっては初めてでござりますえ。どうぞこのまま奥へお越しを――。
忠兵衛　大事ないのんか。
梅川　なんのう。八様にはのちほど親方さんから言訳がござりまひょう。さァこちへおいでなァれませ。（手をとる）

二人奥へ去る。

八右衛門　（心は歯噛みする思いで）やりよるやりよる。あの石頭も梅川に揉みほぐいてもろうたら、ちっとはましになろうというもんじゃ。さあ妓様たち、今夜は八右衛門の総揚げじゃ。
掃部　さすがは中の嶋の八様。ほっとしましたわいな。この通りお礼を申しますえ。
女たち　（口々に礼をいう）
お綱　八様大明神大明神さま――。
八右衛門　よっしゃよっしゃ。太鼓女郎末社も呼べ！　総揚げや総揚げや。

八右衛門をとりかこんで浮き立つ女たち。

――幕――

第二幕

（その一）

大坂　淡路町　飛脚宿　亀屋忠兵衛店の間

番頭伊兵衛と若い手代が現金の勘定、留帳の書入れ、請状の引合せなどに忙しい。

金簞笥の前に、後家妙閑、店の取りなしを見張っている。丁稚久作が雑用に立働く。

引合せの済んだ小判包と請状を伊兵衛が妙閑の前に持って行く。

伊兵衛　ご隠居様。それではお願い致します。江戸小舟町の米問屋、皿屋金兵衛様からのぼった金子五百両でございます。
妙閑　そうか。——（金簞笥に収めて錠をおろす）
伊兵衛たち仕事をつづける。
取引先の番頭がくる。
久作　おいでなされませ。
番頭　北浜の廻船問屋、筑前屋じゃが、博多からの為替銀が届いた頃じゃと思うが。
伊兵衛　はいはい。昨日確かに受取ってございます、ちっとお待ちを——。久作。お茶を出さんか。（妙閑のところへ行く）
久作　へい！　ただいま——。
番頭　いつも繁昌で結構やな。
若手代　お蔭さまでございます。
番頭　旦那は留守か。
若手代　へえ。町廻りのご用で——。
番頭　飛脚宿というのんはええ商売やな、人の金を受取ったり渡したりしよるだけで、坐っていて儲けがとれるんやからのう。
伊兵衛　（金包を持ってくる）とんでもない。気の詰る稼業でございますわ。それでは三百両。どうぞお改め下はり――。
番頭　よっしゃ。（金を改め、受取状を書く）

丹波屋八右衛門がくる。

伊兵衛　これは丹波屋の旦那様。
八右衛門　忠兵衛はうちにか。
伊兵衛　もう戻られる頃でっしゃろ。どうぞおあがりなされませ。
八右衛門　おふくろ様。ご機嫌で何よりやな。
妙閑　ようお越し――。さァさ、こなたへどうぞ、久作、お茶と煙草盆を――。
久作　へい。

番頭は金を収めて去る。伊兵衛、若手代は仕事をつづける。

八右衛門　このところかけちごうて、忠兵衛にとんと不沙汰をしよりますが、変りはありまへんやろな。
妙閑　はい。お蔭さんでござります。
八右衛門　この亀屋もええ養子をもろて、一安心やな。忠兵衛は実体《じってい》な男やし、飛脚仲間の評判もよろしいわ。
妙閑　ありがとうござります。――なァ丹波屋さん、年寄りの要らん心配かも知れまへんが、近頃の忠兵衛は、ちっと様子が変ったように思えますのや。
八右衛門　ほう、変ったというと――？
妙閑　いいえ、なんとのう、そわそわした素振りがみえよりまして、夜など、こっそり抜け出して行きよりますのや。
八右衛門　（笑う）そらおふくろ様、若い者にはありがちのことでっしゃろ。それくらいのことは大目に見てやらなあきまへんで。
妙閑　けど、なんぞ悪性狂いでも始まるのやないかと思いましてなァ。わたしは母というても養い親ですよって、せわせわしたこと言うては悪かろと思うて、見て見ぬふりしておりますのや。
八右衛門　ええ思案がありますで。嫁を持たせるのんが一番の妙薬でおます、独り身でおきなはるさかい、よそへ目が移りますのや、嫁はんもろてやりなはれ。

妙閑　わたしもそない思うて、この中から縁談すすめているのでおます。せやけど忠兵衛が、なんのかの言うて、取り合いまへんのや。

八右衛門　独り身の男ちゅうもんは、たいていそうしたもんや。はたから煮つめてやらんといけまへん。わしからも、それとのう煽ってみまひょう。

妙閑　願うてもないこと、よろしうお願い申しますえ。

忠兵衛が帰ってくる。

忠兵衛　いま戻った。

伊兵衛　お帰りやす。（若手代らも挨拶）

忠兵衛　（妙閑に）遅うなりました。

妙閑　ご苦労やったな。

忠兵衛　丹波屋、珍しいな。なんぞ用か。

八右衛門　いや。ついそこまで仕切銀《がね》を届けにいた戻りや。しばらくお主の顔をみなんだによって、ふらりと寄せてもろうた。

忠兵衛　まあゆっくりしいや。
妙閑　のう忠兵衛。いまも丹波屋さんに聞いてもろうたことやが、お前もそろそろ嫁取りして、わたしに安心させてくれまいかのう。
忠兵衛　またそないなお話か。前にも言うた通り、わしはここへ養子に来てから、まだ四年そこそこや。ようよう家業の筋道が分ってきたばかりですがな。嫁取りどころやありまへん。店のとりなしも奥向きの用事も、おっ母様が取仕切ってくれはる。何も急いで嫁をもらわんかてよろしやろ。
妙閑　けどなァ。せっかく願うてもない結構な縁談のある時や。ご縁というものは、折をのがしたらあかんものですえ。
忠兵衛　そういうものかも知れまへんが、わしは当分、嫁もらう気ィはありまへんのや。その縁談は味良う断わり言うておくなはれ。
妙閑　実はなァ。あんまりええご縁やさかい、お前の父御《ててご》からもすすめてもろたらどやろと思うて、後《あと》の月に一筆書いて、孫右衛門様に手紙を出いたのや。
忠兵衛　えっ！　国の親父様に、手紙を――。わしに相談もせえで、そないなことをしては迷惑ですがな。余計なことをしなはったもんや。けど、なんぼ国許の親父様がすすめはっても、わしの気持は変りまへんさかい。

八右衛門　そないに腹立てんでもええやないか。お主も片意地な男やなァ。
妙閑　さし出たことして済まんかったけど――。
忠兵衛　それで親父様から、なんぞ返事がありましたのんか。
妙閑　さっき手紙が届いてのう。（懐中から封書を出して渡す）たいそう喜びはって、よろしう頼むと言うてはるのやけどな。
忠兵衛　（手紙を読む）……。
八右衛門　（妙閑に）忠兵衛の国許というのんは、大和の方でおましたな。
妙閑　はい。新口村《にのくち》というところの大百姓で、孫右衛門様というのが実の父御でおます。
忠兵衛　ふむ。これはかえって好都合や。来月の末頃に、ほかの用事もあって大坂へ出て来なはるそうや。わしが会うてよう話せば分ってくれはるやろ。――おっ母様の心配はありがたいことやと思いますねんけど、この縁談は無かったものと思うておくなはれ。
妙閑　そないに言うなら、仕方ないなァ。
久作　（奥からきて）ままの支度ができよりましてん。
忠兵衛　ほんならここはわしが番するよって、みんな飯にせえ。
妙閑　丹波屋さん、どうぞごゆるりと――。

八右衛門　はい。
伊兵衛　旦那さん、それではここをよろしう。堺の和泉屋さんの使いが、もうちっきに取りにまいられる筈でござります、七百両ござりますよって。（手箱を差出す）
忠兵衛　分った。
伊兵衛　それではごめん下はりませ。

妙閑、伊兵衛ら、奥へ去る。

八右衛門　忠兵衛、お主だいぶん佐渡屋町《まち》にくわしうなってるようやな。
忠兵衛　それをわざわざ言いにきたのか。
八右衛門　安心せえ、おふくろ様には何んにも言ってえへん。
忠兵衛　わしのすることは、わしの才覚ですることや。お主にかかわりはないやろ。
八右衛門　そう無愛想に言うなや。これでもお主を友達と思うている男やぜ。近頃お主は、三日にあげず佐渡屋町通いやそうな。
忠兵衛　なに――？
八右衛門　まァ腹を立てずと、聞くだけは聞いてみるもんや。色の道というもんは、すっきりと楽しんで、わっさりと縁を切るのが上乗や。お主のように思いつめの登りつめ、というのんは、さてどないなもんやろかなァ。
忠兵衛　どこで何を聞きこんできたのか知らんが、お主の腹の中が分らいでか。おおかたは読めているわい。もしもわしが遊びの金に詰って、稼業で扱う人の金に手をつけようかと勘ぐりよるのじゃ、要らぬ取越苦労はやめておけ。
八右衛門　たしかにそれもある。一軒の飛脚宿に不始末があれば、わしら十八軒の飛脚仲間が均等につぐなうて、取引先には一銭の迷惑もかけぬという取り決めや。そないな大事な稼業なればこそ、要らぬ心配もせにゃならんのや。
忠兵衛　分り過ぎるほど分っておるわい。そないな話の相手してはおれんのじゃ。しゃべりたいなら、そこでなんぼでも言うたらよかろう。（帳場へ行き、帳面を調べる態をする）
八右衛門　えろう嫌われよった。さて帰るとしょうか。（帰り支度をしながら）――そうそう。ふっと小耳に挟んだ噂やけど、梅川に、身請けの話があるそうな。
忠兵衛　身請け――？
八右衛門　知ってえへんのんか。へええ？
忠兵衛　（動揺を隠して）そりゃ、あないなところにおれば……身請けの話ぐらい、無い方がおかしいやろ。
八右衛門　そらそうとも。
忠兵衛　それで、それがどうしたというんじゃ、何をつまらぬことを——。
八右衛門　別にどうもしやへんけど。——客というのんは、なんでも姫路あたりの木綿問屋とかで、毎月商売用で大坂へのぼってきなはるお人やとか聞いた。——お主も話ぐらいは越後屋で聞いてるやろが。
忠兵衛　いや——知らん。
八右衛門　そうかのう。その客は、いつも島屋から梅川を呼んでるそうな。これも噂やが、なんでも手付の金を渡したとかいうことやったなァ。
忠兵衛　手付を渡した——？
八右衛門　まァそんな噂や。身請けと決まれば、女郎にとっては、願うてもない出世や。ここらで梅川も泥水稼業の足洗うて、身を固めるのが上分別やろ。——けど、金というもんは、あるところにはあるもんや。身請けするには、ざっと見積っても……そう、三百両は要るやろな。三百両と一口には言うけど、大金やぜ。——そやそや、えろう長居して、邪魔したたな。つまらん無駄口たたいて、気ィ悪うせんといてや。またどこぞで会おうな。

八右衛門、去る。

忠兵衛、動揺に耐えていたが、何か思い立ち、あわただしく外へ出かけようとする。——手箱につまづく、七百両の小判が散乱する。——忠兵衛、ぢっとそれを見おろす。

…………

伊兵衛、奥からくる。

伊兵衛　おさきに頂戴いたしました。（小判に気づく）あっ！　これは——。
忠兵衛　とんだ粗相をした。拾うておいてくれ。
伊兵衛　はい。

忠兵衛、心せくさまで去る。

伊兵衛、小判をかき寄せ、一心に数える。


（転換）

（その二）

大坂　久太郎町心斎橋筋　傘屋長兵衛の店の間

傘屋の商売は古道具古物商で老舗の店構え。
重々しい古式の武具、仏像、仏壇などが並ぶ。
一隅に帳場。
店の上は中二階造りで与兵衛夫婦の居間になる。
帳場には与兵衛、算盤を前にして、うんざりした態。
丁稚長松が拭掃除に忙しい。
町内の娘、お鶴、お光が連れ立ってくる。

お鶴　もし長松どん。
長松　へーい。
お鶴　お亀さまはおうちかえ。ちょっと呼んでおくれんか。
長松　へい、御料《ごりょ》んさァん！　（と奥へ去る）

お光　与兵衛さま。ご精の出やはりますことなァ。
与兵衛　これはお鶴さま、お光さま。ようお越し。――まァおあがり。
お鶴　今日は観音様参りの約束で、お亀さまを迎えによりましてんやわ。
お光　大事な御料んさんを借《か》っては、与兵衛さまがお寂しかろとは思いましてんけど、前かたからの約束やさかい。
与兵衛　おおきに、おおきに。どうぞ二日なと三日なと、連れていてかめしまへん。
お鶴　あないなてんごう言いはるわ。（お光と共に笑う）

店の奥からお亀がくる。娘のような派手な装い。

お亀　お鶴さま、お光さま。約束を忘れたわけやありまへんけど、わたしはちっと……家《いえ》を明けられへんわけのあってなァ。えろう済まんことやけど――。
与兵衛　そないなわけはないやろ。お前も家にばっかりおらんと、ちっと外へいて、気散じしたらどやねん。
お亀　まあ、暢気らしいこと言やはって――。あんさんはわたしがそばにおったらお邪魔かえ。

与兵衛　いや、そないなわけで言うたのやないけど……。
お亀　(甘えで)いいや。わたしに外へ往ねいう顔してはる。憎くてらしい——。
与兵衛　おかんか、みともない——。
お鶴　まあ、お暑うござります。
お光　とんだお邪魔をしてしもて——。ほんならまた——。
お鶴　ご機嫌よろしう——。(二人、笑いをこらえて去る)
与兵衛　……お亀。人様《さん》の前でなんや。はしたないまねしいな。
お亀　わたしは人様がどない思うてもかめへん。いっときもあんたから離れとうないのんや。いつまた新町の揚屋とやらお茶屋とやらへ吸い寄せられはって、白菊はんとやらいう傾城に熱うなりはるか分れへんと思うと、もうこの胸が煮えたぎって、気ィが狂いそうや。ああもうどないしたらええのやら——。
与兵衛　何度言うたら分るのんや。わしはもう新町へは顔向けのでけん男になったるのやで。おっ母様が迎えにきやはって、大勢、人のおる前で、二度とこの男を寄せつけるな、挨拶切ったと言いひろげはった。あないな恥かかされて、新町はおろか、どこへも顔向けでけへんわ。
お亀　ほんなら、お母様《かか》が迎えに行かなんだら、あんたは今でも白菊はんのそばにおってんやなァ。したら、ここにいやはるのんは、あんたの体だけで、心はあっちゃに残ってはるのやわ。
与兵衛　阿呆言いな。あないなことになったんは、ここをいびり出されて、わしもつい、やけくそ起したからやねん。そらお前かて分ってくれたやないか。
お亀　そら分ってます。せやから一度は何んもかも水に流そと思いましてんやわ。けど、やっぱりあかん。あんたがよそほかの女《おなご》はんと、同じ枕に御寝《ぎょし》なって、肌ふれ合うて、どない夢をみやはったかと思うと――。なァ、あんたのこの胸の中に住んではる人を、いっそ殺してやりたい――。（ゆさぶる）
与兵衛　殺すやなんて、頼むさけやめにしい。この胸の中には、お前も住んでるのやでえ。それをお前は――。
お亀　ひええっ！　そんなら、わたしと白菊はんと、二人で住んでるのんかいな。二人であんたを半分づつ、分け合うてるやなんて、いやや、いやや。
与兵衛　そやない。そないわけで言うたのやない――。
お亀　きたない、むさい、けがらわしい！　ああ知らなんだ、知らなんだ――。（泣き伏す）
与兵衛　（憮然として）なんぼ言うてもあかんわ。わしは毎日毎晩お前に責められよっ

て、もう精も根《こん》も尽きてしもた。泣きとうなるのはわしの方や。（べそをかく）
外からお今、長松の衿がみを摑んで曳きずりながら帰ってくる。店の間へ入る。
お今　まあ！　与兵衛。お前はまたしてもお亀を虐めて泣かせよるのか。女房をどれほど苦しめたら気ィが済むのや。
与兵衛　おっ母様――。虐められておるのんは、わしの方ですがな。
お今　まあしらじらしい。ようもそないな作り事が言えたもんや。いまそこでこの長松が、誰やら廓者らしい女とこそこそ立話をしよってからに、こないなものを受取りよった。（封書を投げ出す）
与兵衛　なんでっしゃろ。
お今　長松。若旦那はんに渡してくれと頼まれたんやな。
長松　へい。
お今　このたわけ！（頭を叩く）二度とこないなことしたら在所へ追い返すでぇ。
長松　へーい。（奥へ逃げ去る）

お今　婿どの。その手紙、ここで読んでおくれんかのう。聞かせてもらいまひょう。
与兵衛　へえ――。
お今　うぢうぢしてはらんと、読みましゃ。
与兵衛　はい――。〝恋しくいとしき与兵衛さまに、ひとふでしめしあげまいらせそろ〟
お今　まあお優しい――。それから？
与兵衛　〝明け暮れあなた様のおんうえを忍びまいらせ、ま一度お目もじの折もがなと、神仏に――〟
お今　なんとまあ、いぢらしい心根やありまへんか。それから？
与兵衛　〝過ぎつる夜ごとの睦言《むつごと》を思えば、ただただ涙にかきくれ、おん姿の今もありありと――〟
お亀　お母様《かか》の意地くれ！　根性曲りのうてず！
お今　そりゃ何んえ。
お亀　与兵衛さんのお人好しを知ってはりながら、こないにしてまで虐めんかてよろしいがな。
お今　そら済まなんだな。この傘屋は、お父様《とと》は仏性のおとなしいばっかりのお人で、お寺さん参りに明け暮れしてはる。婿の与兵衛は稼業はそこのけで、今日は謡の稽古や、明日は俳諧の集まりやいうて、ぞべらぞべらしていたうちはまだしもや。ついと家を飛び出いて、その白菊とやら黄菊とやらいう傾城買うて、うちの身代に大穴あけよったでえ。せめてわたしが憎まれ者にならなんだら、この家は立ち行きまへん。

与兵衛　おっ母様。何んもかんも、みんなわしの不心得からでござります。この通り詫言いたしますよって、機嫌直しておくれやす。

お今　お前の詫言ほど、当てにならんものはないねん。つい昨日《きんの》も、売値五十両もする茶入れを三十両に値切られて売ってしもたやないか。そんな商人《あきゅうど》がありまっかいな。二十両の丸損や。

与兵衛　申しわけござりませぬ。

お今　いつもいつもその調子や。お人好しでのうて、厚かましいのや。のらくらのずる け者や。

お亀　そないに叱らんかてよろしいやろ。与兵衛さんは気ィの弱い性《たち》やさかい、人様にいややいうことでけんお人や。わたしにしてからが、歯痒うて、情のうて、涙が出よりますねんけど、こない甲斐性のないお人でも、夫婦《めおと》は夫婦や。あんまり無茶苦茶に言わんといてほし。

お今　おおお。さすがや。けど、その大切な男はんから、白菊に見返られた女房は誰やったかいなァ。

お亀　（心は歯ぎしりする思い）見返られたのやあれしまへん。女房ひとりにべったりの男はんとちごて、傾城に恋文書かせるほどの男はんを亭主に持って、わたしはいっそ晴れがましうござります。

お今　これはわたしの負けやった。甲斐性なしの与兵衛にも、一つだけは取柄があったそうな。（笑う）それにしても、箱入娘で育ったお前が、年増女房かなんぞのようなこと言やはるもんや。

お今、奥へ去る。

お亀　くやしい――くやしい。（泣き伏す）

与兵衛　（悄然と）なァお亀、まあ聞いてくれ。わしはいずれ、遅かれ早かれ、この家を追出されよるわ。お前とはさらさら別れとうはないけど、離縁されれば仕方ないやろ。

お亀　ええっ！　夫婦別れやて？

与兵衛　わしのような意気地ない男でのうて、もっとええ婿さんもろて、仕合せになってや。

お亀　いやや、あんたが追出されはるなら、わたしはどこへなと蹤いていにます。

与兵衛　そらあかん。わしは在所へ戻っても家は無し、田畑はなし、頼りになる親兄弟もあらへん。乞食になるほかないねん。

お亀　かめへん。乞食になってもかめへん。あんたと離れるのんはいやや。

与兵衛　気持はうれしいが、乞食になるのんは、わし一人でたくさんや。——あれも気楽でええかも知れへん。わしの性分に味良《あんじょ》う合うてるのやないやろか。

お亀　ひええっ！　そりゃ本心で言うてるのかえ。

与兵衛　いや、てんごうや。てんごう言うただけやね。（笑いにまぎらす）そや、わしはまだ算用が仕掛けたままやった。またおっ母様に叱らるるわ。（帳場へ戻る）

お亀　（疑惑の思いでみつめる）……。

お今、奥から来る。緋縮緬の反物を持って、にこにこと上機嫌の作り顔。

お今　お亀。この縮緬は古渡りの上物で、今はこない品はみ当らんようになった。これはお前の産みのお母様が買うて、大切にしてはった物や。お父様はわたしの肌着にせいと言やはったけど、わたしはお前を三つの時から育てた母でも、心はほんまの母と変りまへんえ。折りがあったらお前にあげよと思うていたのや。どうや、肌の物になと仕立ててみなはらんか。（反物をひろげてみせる）

お亀　まあ！　きれいやわァ。

お今　女《おなご》はの、肌につけるものが大切や。わたしが手伝うて仕立ててあげまひょう。奥へ来なはらんか。

お亀　はい。——（与兵衛のことも気になるが）

お今、お亀、奥へ去る。長松、店の前の掃除をする。

忠兵衛が来る。

忠兵衛　丁稚どん。若旦那はうちかたか。

長松　へい。

忠兵衛　取次いでくれへんか。

長松　へい。――若旦那さん！　お客はんでございます。
与兵衛　誰や――。（立ってくる）
忠兵衛　与兵衛、わしじゃ。忠兵衛や。
与兵衛　おお！　お主か――。久しう会わなんだなァ。よう来てくれた。さァさァあがってくれ。
忠兵衛　忙しいのやろ。
与兵衛　かめへん。さァこっちゃへ来て――懐しいでえ。ようわしを忘れずにいてくれた。うれしいで。
忠兵衛　そないに喜んでもろて、わしもうれしいが、実は与兵衛。わしが訪《た》ンねてきたのんは、ええ話ではないのや。お主とは幼馴染というだけで、こないな頼みごとのでける筋合いでないのはよう知ってる。けど、この忠兵衛、のっぴきならぬ理由《わけ》があって、お主に金を借りに来た。もしもいかんというなら、きっぱり断わってくれてええのや。
与兵衛　なんや、たかが金のことで、そない堅苦しい物言いせんかてええわ。お主とわしは同じ在所の生れ。わしは、こまい時分から泣虫で、いつもお主を兄貴と思うてきた。与兵衛、金が要る、貸せ。そない言うたらどやねん。水臭いでえ。

忠兵衛　よう言うてくれた。お主を男と見込んで恥を打明けるが、わしは、ついひょんなことから、女《おなご》と深間になっての。
与兵衛　ふむふむ。（乗り出す）
忠兵衛　その女というのんが、いうたら売物買物の勤めの女や。つい馴染を重ねるうちに、たがいに離れまい離すまいと、命と引替え同様に思いつめた仲になってしもうた。——けど、廓の習いで、わし一人が客ではない。その女を張合う田舎のお大尽があって、金にまかせて張合いをかけよるんじゃ。
与兵衛　口惜しいなァ、うてずめ。
忠兵衛　わしは知っての通り飛脚屋稼業で、店では日毎夜毎、何百両何千両という金銀の中に埋れてはおるが、それはみんな人様の金や。自分の金というたら、たかだか二百目か三百目のへつり銀《がね》じゃ。口惜しいが追い倒されて、生きた心地もせえへんとこへ、その田舎大尽がどうでもその女を身請けすると言い出しよって、今日明日にも手付の金を打つというのや。手付を打たれて先方へ身請けの約束が決まったら、わしの無念はともかく、あの女は生きてはおるまい。自害して死ぬるやろ。それが哀れで、居ても立ってもおられんのや。
与兵衛　分った。よう分ったで。そんならお主も手付を打って、田舎大尽の鼻づら挫いてやるんや。で、なんぼあったらええのんや。
忠兵衛　五十両、貸してくれ。
与兵衛　よっしゃ。それぐらいならある筈や。（金簞笥の錠前をこぢあけにかかる）
忠兵衛　そないなことして大事ないのんか。
与兵衛　かめへんかめへん。どうせわしは、遅かれ早かれ……ああ、あったで。丁度五十両あった。（小判包をとり出す）わしの志や、受取ってくれ。
忠兵衛　けど、お主に難儀のかかる金やないやろな。気遣いないか。
与兵衛　案じるな。この家にしたら五十両や八十両、なんちゅうこたない端た金や。お主はわしのような者でも男と思うて、言いにくいことよう打明けてくれた。百両でも千両でも、あるものなら貸してやりたい。丁度五十両あったのんが、せめてものことやった。安心して使うてくれ。
忠兵衛　そうか。——恩に着る。この通りや。これで忠兵衛の一分《いちぶん》が立つ。梅川もさぞかし、喜ぶやろ。
与兵衛　お主が羨しいでえ。わしもそないに女に打ちこんで、命がけで惚れ合うてみたいもんや。
忠兵衛　これが恋というものかも知れへんけど、わしにはもう義理も道理も耳には聞えぬ。ただあの女を離しとうないばっかりや。――ほんなら、わしは気がせくよって、これでいぬる。

与兵衛　そや。早ういて、その手付打って、あっちゃの男に先手とられんようにしてや。負けたらあかんで――。

忠兵衛、足早に去る。与兵衛、門口で伸びあがって見送る。お亀、茶を持ってくる。

お亀　……お客はんは、もうお帰りやしたのんか。

与兵衛　今日はええ気分や。せいせいしよったわ。

お亀　なんぞええことのおましたんかいな。

与兵衛　そや。

お亀　そりゃどないなことですえ。

与兵衛　どないなこと？　――女には分らんことや。（へらへらと気持よげに笑う）

お亀　（怪訝な思い）……。

――幕――

第三幕

大坂　佐渡屋町　越後屋座敷

中二階造りの呼び屋。まだ客のこない時間で、おちょぼ（小女郎）二、三人が座敷で行燈の油掃除、調度磨きなどをしながら唄う。

〽おちょぼ　ちょぼちょぼ
ちょぼちょぼ　おちょぼ
朝は六つから　まま炊き掃除
夜は八つまで　追廻し
やり手のばばが　つめりはる
しゅくしゃか　むしゃか〽

〽おちょぼ　ちょぼちょぼ
ちょぼちょぼ　おちょぼ
くにのととさん　今日もひえめし
くにのかかさん　何してじゃ
十年帰れぬ　町ぐらし
しゅくしゃか　むしゃか〽

遊女千代歳、鳴戸瀬が入ってくる。

千代歳　まだ掃除が済まんそうな。早うしい。
おちょぼ達　はーい。（ばたばたと働く）
鳴戸瀬　その唄きくと頭が痛うなる、やめてや。
おちょぼ達　はーい。
千代歳　鳴戸瀬さん。なんぞして遊ぼか。
鳴戸瀬　わたしは昨夜から、いけずな客にせびらかされて、やっとの思いで逃げてきたとこや、ちっと休ませてや。

越後屋の女主人お清が入ってくる。

お清　掃除はあらかたそれでええやろ、遣手はんが呼んではるえ、早ういき。（おちょぼたち去る）

千代歳　清さん、また寄せてもろてますえ。ここは気のおけんとこやさかい、ちっと息抜きさせてもらいますえ。

お清　ええとも、遠慮はいりまへんえ。

鳴戸瀬　なァ、梅川さんの身請けの噂、どないなってますのやろ。

お清　わたしもようは知りまへんけど、島屋さんのお客はんが、先手で五十両の手付を打ちなはったそうや。

千代歳　島屋のお客いうたら、あの田舎大尽のぜいこきかいな。

鳴戸瀬　ほんなら忠兵衛さんはなにしてはるのや、梅川さんをぜいこきにとられてしもうやないか。

千代歳　せやけど、五十両いうたら大金や、先手とられたらどもならんやろ。勝ち負けはもう決まったも同然やなァ。

お清　大きな声では言われんけど、島屋のお客はんには、中の嶋の丹波屋八右衛門さまが、えろう肩入れしてはるそうな。
鳴戸瀬　ひやァ！　あの渋ちんの八様がかえ。あたいやらしい！
千代蔵　悪いお人が敵にまわったものや。

梅川がうち沈んで入ってくる。

お清　これはようござんした。いまもお前の噂をして、蔭ながら案じていたところや。
梅川　（言葉もなくお清にすがってくずおれる）……。
お清　よう分る。さぞ切なかろうが、ここが辛抱というものや。まだ忠さまに望みがないわけではない。しっかりせなあきまへんえ。
梅川　……ほんに遊女の身の上ほど、果敢《はか》ないものがほかにあろうか。こないな苦界《くがい》に身を沈めたからは、客という名にいなやは言われず、作り笑いの卑しいつとめ、浅ましい明け暮れも、たまたま会うた忠さまというお人があればこそ、今日までこらえてきましたのや、その忠さまと金ゆえに縁切って、ほかの客に根引されては、もう生きるたよりものうなってしもうた。いっそ死んでしまいたいが、ま一度忠さまのお顔がみとうておめおめここまできましたのや。あのお方は、やっぱり見えませぬかえ。

お清　わたしも、今か今かと待っていたのやけど——。

梅川　身請けの話があってからもう七日。忠さまの姿がみえぬのは、もう望のない証《あかし》でござんしょう。聞苦しい泣言をいうて、恥の上に恥を重ねてしもうた。どうか笑うておくれやすえ。

お清　思い切りようそないに言うお前をみると、かえって行末が案じられる。必ず短気を起してはなりませぬぞえ。

梅川　はい——。

お清　命さえあれば、また花の咲く時節もあるものや。気を広う持ちなはれや。

梅川　はい——。

槌屋平三郎が急いで入ってくる。

平三郎　梅川。やっぱりここにいたか。早うお前に知らせたいことがあってきた。いまのさっき忠兵衛さまがみえての、手付の金、五十両、確かにわしが受取った。

梅川　ええっ！
平三郎　お前もうれしかろう。わしもこれで安堵した。
梅川　親方さん！　それは、それはほんまでござりますか。
平三郎　ほんまとも。忠さまは後手を踏みはったが、先口の客にはわしが言い繕うて、身請けの相談はさきへ延ばそう。わしは今から島屋へいて、とくと話をつけるよって、わしに任せておけ。
梅川　（うれし泣きに泣く）……。
お清　……槌屋さん。それで忠さまはえ。
平三郎　そのことやが、すぐにも梅川に会いたいが、何やら大切な御用があって、蔵屋敷まで行きなはった。その御用が済み次第、ここへ来なはるそうやが、暮れ六つ頃になるやろと言うことや。梅川、暮れ六つまでが待遠うやな。（笑って、去る）
鳴戸瀬　梅川さん、よかった、よかった。
梅川　はい。
千代歳　これで一難のがれはったわ。
梅川　はい。（手をとり合って喜ぶ）
お清　胸のつかえがとれましたなァ。忠さまのお越しまでにはまだ間がある。化粧など直したらどうえ。

梅川　そんなら、ちっと奥を——。

梅川、鳴戸瀬、千代蔵、連れ立って去る。

お清　（見送って独り言）まあ嬉しそうにいそいそしてはる——。

忠兵衛、つっと入ってくる。

お清　まあ！——お早いお越し——。

忠兵衛　手付の話、聞いてか。

お清　たった今、聞きましたえ。

忠兵衛　御用を済ませてからと思うたが、ほんのひと目、ひと目だけと思うて——。

お清、のみこんで奥へ急ぎ去る。

…………

梅川、気もそぞろにくる。

梅川　忠さま――。
忠兵衛　…………。
梅川　会いたかった――会いたかった、会いたかった。（すがりつく）
忠兵衛　……さぞ、案じていたやろと思うて。
梅川　よう顔みせにきて下さんした。会いたかった、会いたかった。（啜り泣く）
忠兵衛　……一日も早うと思いながら、心ばかりはせいても思うようにはならなんだ。ともかくこの急場は切り抜けて、お前を取りとめるだけは取りとめた。さきのことは、また何んとでも才覚はあろう。もう泣いたらいかんがな。
梅川　うれしいとも切ないとも、よう言葉にはなれしません。さし迫った五十両という大金、どないな思いで作りはったかと思うと、あんまり嬉しうて、もったいのうて、いっそ悲しうなりますのや。
忠兵衛　そないなこと、金のことなんど、男に任せておいてくれ。お前は、わしが初めて心底惚れた女や。ほかの男に渡してなろうか。
梅川　それはわたしも同じことや。苦界のつとめに汚れきった女のわたしに、初めて男をいとしいと思う心を教えて下はったのは忠さまや。あなたをおいて、誰を男と思うてええものかいな。

忠兵衛　いとしいという心に二つはない。お前は遊女やあらへん。わしの女房や。

梅川　忠さま——。うれしうございます。

忠兵衛　ふとしたことでお前を見染めてから、もう四十日あまり。どう暮してきたのやら、夢の中を歩《あゆ》んできた。このままお前と燃え尽きてしもうたら、いっそ本望や。——けど、世間のかかわりは是非を言わせぬ。お前をここへ置いたら、二人の恋は引離さるるほかはない。必ずお前を身請けして、この苦界のそとへ連れていぬる。後銀《あとがね》のことは心配すな。わしの身に替えても調えてみせるよってな。

梅川　そのお心はよう分っておりますのや。分っているよって、あなたの一途な心が案じられてなりまへん。色里へ出入りすれば、どないなお大尽、長者でも、金につまるのはようあること。決して無理をして下はりますなえ。いうたらわたしは、しがない見世女郎や。夕霧さまや吉野さまというような、松の位の太夫職とは、比べようもない端た女郎のわたしのために、あなたのお身に、もしも何んぞ大事が起きたら、わたしは果報が過ぎて罰があたりますやろ。どうか無理をして下さんすなえ。

忠兵衛　それが思いすごしというものや。忠兵衛も男一匹じゃ。女ひとりを持ちこたえられぬと思うてか。要らぬ取越苦労はやめにせえ。
梅川　それ聞いて安堵しました。こないなこと言うたら、笑われるか知れへんけど、もしもあちらのお客が後銀を積んで、無理にもわたしを身請けすると言やはっても、わたしが堅く断われば済むことや。
忠兵衛　けど、そないなことしたら、お前の身はどうなるのや。抱主の槌屋に義理があろう。断わるだけでは済むまいが。
梅川　はい――。
忠兵衛　お前の借銭になるのやないのんか。
梅川　はい。親方さんには迷惑はかけられませぬよって、わたしがどこぞへ住替えして、そのつぐないは致します。たとえ宮島の舟《ふな》女郎に身を売っても、あなたにひけはとらせとうない――。女がこないな広い口きいて、腹立てて下さんすなえ。
忠兵衛　梅川。お前にそれを言わせはせぬ。

お清、急ぎ足でくる。

お清　忠さま、いま表へ、丹波屋の八右衛門さまがみえられましたえ。

忠兵衛　なに――。あの男に会うてはまずい。わしの来ていることは内証にしてくれまいか。
お清　よう心得ております。お二人はしばらくあちらへ――。

忠兵衛、梅川、中二階へ行く。
お清、千代歳と鳴戸瀬の名を呼びながら去る。
千代歳、鳴戸瀬、更紗禿（おちょぼ）が座敷へ入る。
お清の案内で八右衛門がくる。

八右衛門　やあ、お歴々のお揃いで、あでやかあでやか。
鳴戸瀬　ようお越しやす。（女たちそれぞれに挨拶）
八右衛門　いま槌屋の平三郎に聞いたが、忠兵衛が梅川の手付をうったそうな。わしの肩入れしてるお大尽は先手、忠兵衛は後手を踏んだ筈やが、槌屋の亭主はえらい忠兵衛びいきでの、身請けの談合は、後銀のできよるまで延ばすと言いよる。まあそれは後の話として、忠兵衛の打った手付の五十両が腑に落ちぬわ、あいつにそないな金のあるわけがないんや。

お清　八様。ちっとお言葉が過ぎるのんと違いますやろか。有るようで無いのが金、また、無いようで有るのが金と申しますやろ。現に忠さまは、耳を揃えてお出しやしたそうですえ。

八右衛門　そこが不思議と言うてるのや。あいつ近頃、えらい手づまりでの、あっちこっちの知る辺をたよって、やれ三両貸せ、五両貸せと、手当り次第の借金や。もう首も廻らぬ筈の忠兵衛が持ってきよった五十両。どないな金か知れたもんじゃないわい。

お清　そりゃどないなことでおますか。

八右衛門　決まったるがな、人の金や。盗んだか騙ったか知らんが、そんな男にかかり合うてみい、お前らにもとんだ迷惑がかかるんじゃ。せやから、忠兵衛がここへ来ても、お前らの方から縁を切って、二度と寄せつけんようにせなあかんで。どうせあの男の行末はもう知れたる。巾着切りか家尻《やじり》切り、お尋ね者にでもならにゃええがのう。

忠兵衛、階段を駆け降りる。

忠兵衛　八右衛門！
八右衛門　やっ！　お主ここにおったんか。
忠兵衛　おったらどうした。盗んだの騙ったのと、根も葉もない悪態を、ようもぬかしよった。五十両の金の出どころ、お主などに言う筋合いではないが、幼友達が快よう貸してくれた金じゃ。
八右衛門　そらァ結構な友達持って羨しいこっちゃ。疑うわけではないが、わしら十八軒の飛脚屋仲間の申し合せもある。どこの誰か聞かせてもらおう。
忠兵衛　心斎橋筋の道具屋、傘屋与兵衛じゃわい。
八右衛門　ふうん。ほんとうらしいな。
忠兵衛　分ったか。分ったら手をついて詫言せえ。済まなんだと言え。
八右衛門　そら済まなんだ。この通りじゃ。——けどなァ忠兵衛。わしの言うことも聞いてみるもんじゃ。
忠兵衛　誰がお主の言うことなんぞ。顔も見とうないわ。（席を立つ）
八右衛門　聞きとうないなら仕方がないが、お主、この上無理算段して、身の破滅を招かんようにせえよ。
忠兵衛　お為ごかしに何を言いくさる。わしのすることに指図は受けんわい。

八右衛門　けど、梅川の身請けの後銀、どないするつもりや。

忠兵衛　やかましいわい。わしの懐を勘ぐりよって。一走り国許へとんで、親父様にわけを話せば、二百両や三百両、なんとでもなるんじゃ。

八右衛門　阿呆くさ！　どれほどの大百姓か知らんが、先祖代々しがみついてきた田地田畑を、女郎の身請けにほいほいと売っ払う親はあるまい。三年待っても埒はあかんやろ。

忠兵衛　（言葉につまる）……。

八右衛門　（ずしりとした革財布をとり出す）梅川の客というお大尽はのう、わしの親の代からの旦那筋や。梅川をどうでも身請けして、国許へ連れていくと言いなはる。この通り後銀は八右衛門が預ってきた。――それ、これが百両。――二百両。――三百両じゃ。

一座の者は一瞬気をのまれてみつめる。話の間に槌屋平三郎も来ている。

八右衛門　槌屋のご亭主。

平三郎　はい。

八右衛門　これで身請けの談合は決まった。もう先きへは延ばされんぞ。
平三郎　八様、なんぼ女郎と申しましても、品物ではございませぬ。本人の梅川が得心せねば決まりにはなりませぬ。
八右衛門　そんなら誰ぞ梅川を呼びにいけ。

階段の上に梅川。

梅川　さっきにからここにおりました。いまそこへまいります。
忠兵衛　梅川！　来るな！（胴巻を引き出しながら）梅川の本心は聞かいでも分っている。この忠兵衛が女に達引《たてひ》かせて、男の一分が捨てられようか。（金包を振り出す）
梅川　（駆けよる）忠さま、それはなりませぬ。この金に手をつけては……。
忠兵衛　黙っていや。ここに丁度、三百両。これはわしが大坂へ養子にくるとき、敷銀《しきがね》に持ってきた金じゃ。梅川はどこへもやらぬ。わしがいま身請けした。（封を切った小判が手からはらはらと散る）――先きに渡した五十両に、後銀の百両と、（二つ目の封を切る）――百六十両。――これが梅川の身代金。ほかに借銭もあろうし、わしの買いがかりの借銭。身祝の祝儀じゃ。（三つ目の封を切る）――細かい算用はあとにして、合せて四十両で計ろうてくれ。さあ、お前たちに祝儀や。祝おうてくれ！（小判をばらまく）祝おうてくれ！

梅川　忠さま――。

忠兵衛　なんのこれしきのこと、何んともないわい。

梅川　（泣く）……。

お清　梅川さんの嬉し泣き。ごもっともでござります。ほんにおめでとうさんでござりました。わたしたちも胸がすっきりと致しましたえ。

平三郎　忠兵衛さま。それでは確かに後銀頂きました。ありがとうござります。みんな、手を貸してや。

一座の者、賑やかに手打ちして祝う。

八右衛門、金を納めて苦りきっている。

八右衛門　梅川、うれしかろう。身請けは女郎一代のほまれや。ええ男持って仕合せやったな。（去る）

忠兵衛　ご亭主。あわただしいようやが、すぐに梅川を連れて、国許へ行き、親たちにも引き合せたい。今日のうちに廓を出られるよう、取計ろうてもらえんやろか。
平三郎　承知いたしました。
お清　そんならわたしも――。

一座の者、二人を残してみな去る。
忠兵衛、梅川、力も抜け果てて、いざり寄る。

忠兵衛　なんにも言うな――なんにも言うな。
梅川　どうしょう――どうしょう――。
忠兵衛　ええのや、これでええのや。
梅川　聞かして――聞かして――さっきのあの金は、あの金はえ？
忠兵衛　わしの金ではない。敷銀をとり戻したと言うたが、そんなものは無い。あの金は……蔵屋敷へとどけねばならぬ御用金や。
梅川　やっぱり――。もしやそないなことではないかと、生きた心地もせなんだが、取返しのつかんことして下さんした。

忠兵衛　そんならほかに、どうせえというのじゃ。お前は八右衛門の話を断わって、舟女郎に身をおとすつもりや。どこの世界におのれの女房に、身売りをさせる男があるものか。

梅川　そのことと、いまのこの難儀と、引替えになりますかいの、あなたのお身はどうなりますのや。

忠兵衛　わしと一緒にいれば、お前も咎《とがめ》をうけねばならんやろ。（小判を掻き集める）――まだ四十両はあろう。これ持って、お前は早う生れ在所へいけ。まだ親もいるそうや。これでしばらくは身すぎになろう。ここからすぐに身を隠すのや。

梅川　あなたが科人《とがにん》なら、わたしも同罪でござりますえ。わたしひとりに生残れというほどなら、一緒に死ねと言うてほしい。死ねと言うてほしい――。それが夫婦《めおと》というものや。

忠兵衛　梅川――。（わっと泣く）

二人、涙の中でさぐり寄る。
遠近の茶屋で遊興する賑わいが聞える。

――幕――

第四幕

（その一）

大坂　久太郎町心斎橋筋　傘屋長兵衛の表

月の夜更。中二階の窓に仄かな行燈の光。
表戸は閉じ、軒下に商売物の水甕、石燈籠、大長持などが置いてある。
犬の吠声。
頬被りした与兵衛、人をはばかる態で窓下に近づく。

与兵衛　（忍び声で）お亀——お亀——。わしや。与兵衛や。——（声が届かぬとみて、石を拾って窓へ投げる）

窓が開き、お亀が夜の道に目をこらす。

与兵衛　わしじゃ。与兵衛や。
お亀　ええっ！　ほんまに与兵衛さんかえ？
与兵衛　しいっ！　――そうや。
お亀　与兵衛さん――（胸迫って）どこにいやはったのや。どないに案じていたか知れまへんえ。
与兵衛　済まなんだなァ。
お亀　あんまりや。不意に姿を消しなはって、一日経っても戻らへん。二日経っても戻られへん。三日経っても……あんまりや。（忍び泣く）
与兵衛　かんにんしてや。甲斐性なしのわしのせいや。
お亀　なぜあないなこと、しやはってん。金簞笥の錠前こぢあけて、五十両の金、持ち出いて、行方をくらましはって、お父様、お母様が、えろうお腹立ちや。
与兵衛　そらそやろ。誰かて怒りはるわ。
お亀　お母様がなァ、あんたを盗人やというて、番所へ訴えると言やはるのんを、わたしが泣いて頼んで、ようよのこと、それだけはやめてもろたんや。
与兵衛　ほうか。面倒かけて済まなんだ。
お亀　それだけやない。お母様がな、番所へ訴えぬかわりに、あんたを勘当すると言いはるのんや。
与兵衛　そら当り前やろなァ。
お亀　なに言うてはるの、あんたが勘当になるいうことは、わたしと夫婦別れせならんことやでえ。
与兵衛　そういうことになるわなァ。
お亀　あんたそれでもええのんか、なんともないのんか。
与兵衛　せやからお前に、ひとこと詫び言いに来たんや。こないな頼りない男の面倒をようみてくれた。ほんまに心から礼を言うで。
お亀　あんた……。
与兵衛　わしは、こないな金持の家の婿にはようなれんのらくら者やね。お前のようなええ女房に苦労かけるだけの甲斐性なしやね。お前も今度はええ婿はんもろて、親孝行しいや。
お亀　いやや、あんたと別れるやなんて、わたしはいやや。

与兵衛　そら無理や。わしはもう宿無しのうろつき者やぜ。無理いうたらあかん。ほんなら、もう去《い》ぬわ。（行きかける）
お亀　待って――。あんたそない体裁のええこと言うて、ほんまは白菊はんのとこへ行きはるのやろ。きっとそうや。
与兵衛　また白菊か。お前もひつこいなァ。そんなんじゃないわい。
お亀　いいや、そうに決まったる。白菊はんでのうても、誰ぞほかの女《おなご》はんのとこへ行きはるのんや。わたしを捨てはるのんや。（忍び泣く）
与兵衛　困ったなァ。わしはもう女には懲り懲りしてるのやぜ。

家の中で、お今の声。

〝お亀――お亀――。そないなとこで何してはる〟
お亀　（中へ）なんでもあらしません。独り言いうてましてん。
〝おかしいなァ。誰ぞ外にいるのんか〟

お亀　（中へ）誰もおりまへんえ。犬が吠えてるだけやわ。

〃そうか。そんならええけど――〃

お亀　与兵衛さん。お母様が外へ出てきやはりますえ。もう一度詫言して、家へ戻れるように頼んでおくなはれ。

与兵衛　（狼狽）そらだめや。あの人にみつかったらえらい目におうわ。そや、黙っててや。言うたらあかんぜ。

与兵衛、軒下の大長持の中へ隠れる。
表戸を開けて、寝間着に半纏のお今、手燭を持ってくる。お亀、窓を閉じる。

お今　なんやら話声がしたようやったけど、空耳かいな。――人影はみえんけど、近頃は世間が騒がしいよって――（大長持を足で叩く）まさかこないなとこへ、どまぐれ者が隠れてはおらんやろな。――お亀、戸締りをしっかりして、早う寝なはれや。

悪い風邪がはやってるよって。

小役人と捕吏二、三名。御用提灯をつけて急いでくる。

小役人　傘屋長兵衛の家はここか。
お今　はい。手前どもでござります。
小役人　その方は？
お今　女房、今でござります。
小役人　長兵衛を呼べ。
お今　はい。ただいますぐ――。（入る）
小役人　（大長持へ腰かける）こないな夜の夜中、かなわんわ。せっかく寝酒飲んで、女房と抱寝しょうとしたとこ叩き起しにきよってからに。くそ忌々しい！
捕吏一　（あくび）あああ、ねむた。腹はへりよるし――。おお寒む寒む。
捕吏二　冷えるなァ、今年は冬が早いで。

お今に助けられながら長兵衛が出てくる。

長兵衛　（おどおどと）傘屋長兵衛にござります。どないな御用でござりますか。
小役人　その方どものところへ、当地淡路町の飛脚宿《やど》、亀屋の養子、忠兵衛と申す者が立廻ったか。
長兵衛　いいえ。そのようなお人は存じませぬ。
小役人　嘘を申してはならんぞ。
長兵衛　いいえ、滅相もない――。
小役人　忠兵衛は佐渡屋町の茶屋にて、蔵屋敷の御用金三百両をもって遊女を身請けした大罪人じゃ。もしも庇い立て致すと、その方も同罪と心得ろ。
長兵衛　へい。
お今　まあ恐ろしい――。
小役人　なお、忠兵衛と遊女梅川は、ともに行方をくらましたが、もしここへ立廻るようなことがあれば、即刻、お番所へ訴人せえ。きっと申し付けたぞ。
長兵衛　へい。
小役人　分ったら分ったと申せ！
長兵衛　分りましてござります。

小役人　まだある。その方の婿養子に、与兵衛と申す者があろう。
長兵衛　はい。
小役人　その与兵衛は、忠兵衛に手付の金として五十両貸したことが明白じゃ。かかり合いはまぬがれんぞ。
長兵衛　ひええっ！　（腰をぬかす）
小役人　与兵衛をここへ呼べ。
お今　お役人さまに申し上げます。その与兵衛は……三日まえから行方が知れませぬ。常日頃から不埒な行いばかり致しますよって、久離《きゅうり》切って勘当いたしましてございます。
小役人　嘘ではあるまいな。
お今　はい。町年寄にお届けを出しましてございます。なにとぞお調べのほどを――。
（小役人の手に、そっと金包を握らせる）
小役人　そうか――。よく分った。
長兵衛　あの。お役人さま。与兵衛はどのようなお咎めを受けるのでございますか。
小役人　忠兵衛は打首獄門やが、与兵衛はどうやろかなァ。
長兵衛　あの、まさか打首などにはなりまへんやろなァ。

小役人　そんなことが拙者に分るか！　たわけ者！　（捕吏たちに）よし！　帰るぞ。
お今　ご苦労さまでござりました。

小役人たち去る。

長兵衛　お今――。どないしょう。
お今　わたしらには、どうすることも出来《でけ》しまへんやないか。忠兵衛やの与兵衛やのいう極道者のおかげで、わたしらまでどないな目にあうか分らしまへんえ。
長兵衛　与兵衛を助けてやりたい。なんとかならんやろか。あいつはのらくら者やけど、心はええやつや。
お今　あんたがそないに甘いお人やさかい、若い者が大それたこと仕でかしよるのや。この上かかり合うたら、あんたも牢屋へ入れられんなりまへんえ。――さァさ、なんぼ心配しても切りないよって、もうお寝みやす。風邪ひきまっせ。
長兵衛　（悄んぼりと家へ入る）
お今　わたしら町人は弱い者ばっかりや。いつ何ん時、災難にあうか分らへん。（大長持の中へ金包を投げ入れる）――妙なお人にうろうろされよると、わたしらばかりやない、親類から町内の衆にまで迷惑がかかるのや。――おお寒む寒む。

お今、家へ入って表戸を閉じる。

中二階の窓から、お亀、緋縮緬の反物の端を手すりに結びつけ、それを力綱に降り始める。

与兵衛、大長持から出る。

与兵衛　ああ、しんど。――や、お亀、危いことしいな！　なにするねん！

お亀　しっ！　声立てたらあかん。肩貸して。

与兵衛、うろうろしながらお亀を助ける。

非力の与兵衛、押しつぶされて二人とも地面に転がる。

与兵衛　ああ、えらいこっちゃ。こりゃ何んの真似や。

お亀　与兵衛さん――。わたしはあんたに蹤いていぬる。お母様に悟られたら大変や。

早うここを逃げまひょう。

与兵衛　なに。逃げるやて？
お亀　そうや。親も家も、今夜限り捨てるほかないのんや。さァ行きまひょう。
与兵衛　行くてお前、どこへ行くのんや。
お亀　道すがら話すよって。なァ早う――。

お亀、与兵衛の手を引っぱり、急ぎ去る。
窓から垂れた緋縮緬が風に煽られている。
犬の吠声。

（転換）

（その二）

大坂　蜆《しじみ》川堤（同じ夜更）

枯葦の岸辺に小舟が繫がれている。
…………

堤の向側から蓆《むしろ》を抱えた辻君《つじぎみ》が登ってくる。少し遅れて同じく辻君がうんざりした態で登ってくる。

辻君㈠　もう八つ頃かいな。（あくび）
辻君㈡　八つは過ぎたやろ。お月さんがあんなとこや。
辻君㈠　そやな。もう誰もきそうにないわ。帰ろうか。
辻君㈡　帰ろう。——さっきのいけずな爺。けたくそわるい。
辻君㈠　（くすくす笑う）役立たずが——。
辻君㈡　死欲かいてまァ。

二人、ひそひそ話しながら去る。

…………

堤を、夢みるようにお亀がくる。少し遅れて与兵衛、とぼとぼと蹤いてくる。

お亀　与兵衛さん——。とうとう蜆川まで来た。ここが蜆川や。
与兵衛　うん——。

お亀　お月さんの光が美しいわなァ。ほんまにきれいやわァ。
与兵衛　うん——。
お亀　あんた知ってはるやろ。ここは曾根崎心中のお初徳兵衛が、若い命を捨てはったとこや。
与兵衛　うん——。
お亀　可哀そな、いぢらしい二人や。お初も徳兵衛も、たがいに思い思われて、一生、離れぬ、離れまいと言い交わした夫婦やのんに、悲しいこと切ないこと、浮世の義理と掟にからまれはって、とうと死なにゃならん運命《さだめ》になりはってんやわ。（涙を流す）
与兵衛　うん——。
お亀　けど、二人は死にはっても、死花を咲かせはったやありまへんか。近松門左衛門はんが、曾根崎心中という浄瑠璃に書きはって、誰知らん者もない二人になったんや。死んでほまれを残しはった。なァ、そうでっしゃろ。
与兵衛　そらまァそうやけど——。
お亀　お染半九郎も心中しやはったわ。あの二人も可哀そな二人や。
与兵衛　お染と半九郎は蜆川やないで。鳥辺山いうとこやなかったかいな。

お亀　場所はちごてもかめへんやないの、心中に変りないさかい。
与兵衛　そやな。
お亀　あんたとわたしも、悲しい悲しい運命《さだめ》やったなァ。（涙を流す）夫婦の契り結んでから、一年そこそこや。飽きも飽かれもしてえへん。いとし、可愛いと、思い思われた仲やったなァ。
与兵衛　うん――。
お亀　与兵衛さん――。わたしをしっかり抱いて――。
与兵衛　こうか――。
お亀　二人は幼馴染や。まだあんたが前髪立の頃から、わたしはあんたを好きやった。いとしらしいと心ひとつに思うていた。どうぞして、この心が神さま仏さまに通じて、夫婦になれたら、どないに仕合せやろ、嬉しかろと、思いこがれていましたのんや。――あんたはどない思うてはった？
与兵衛　きれいな娘《いと》さんやな、そない思うてた。
お亀　それだけやありまへんやろ。お嫁にほし、抱いてみたい、そない思うたでっしゃろ。
与兵衛　そらそう思うたけど、従兄妹どし言うても、わしは貧乏な百姓の倅やし、身分ちがいや思うて――。

お亀　そや。うぢうぢ、うぢうぢしてはって。（忍び笑い）わたし、そないなあんたがいとしらしいてならなんだ。わたしがそばにいてあげなんだら、あんたは何んにもでけへんお人やわ。

与兵衛　そうかも知れへん。

お亀　あんたさっき、宿無しのうろつき者になるやなんて、えらそうに言うてはったけど、そんなん嫌いや、好かん。

与兵衛　けどな、わしはもう、うろつき者にもなれへんのや、さっきお前も聞いたやろ。わしは忠兵衛とのかかり合いになってしもた。役人にみつけられたら、牢屋へ入らんならんのやで。

お亀　そや。ほんに忠兵衛はんはひどいお人や、あんたまで捲き添えにするやなんて。

与兵衛　そらちごう。忠兵衛は何んも悪いことあらへん。金が敵《かたき》の世の中のせいや。あの時になァ、わしに三百両あったら、貸してやったやろ。したらあいつは科人にならんでも済んだんや、可哀そなことしてしもた。あいつ今頃、どこにどうしているやろか。首尾よう逃げのびて、梅川はんと仲よう暮してほしいわ。――そや！　わしはこないしてはおられん。役人にみつからんうちに、どこぞへ逃げるさかい、お前はやっぱり家へ帰るのんが分別や。
お亀　あんた、逃げらるると思うてはるのんか。あんたは間拍子のわるいお人やさかい、ぢっきに見つけられて、縄目の恥をうけはるやろ。科人になったあんたと、泣く泣く引離さるるほどなら、わたしは自害して死ぬる。
与兵衛　自害するやて？
お亀　そや、今ここで、わたしはさきに――（与兵衛をつきのけ、川べりに駆けよる）――南無阿弥陀仏！
与兵衛　（辛うじて抱きとめる）待て！　待ってくれ！
お亀　離して！　死なして！　あんたと別れるほどなら、生きていても甲斐はない。わたしはさきに死ぬよって、離して！
与兵衛　いかん！　お前ひとりさきに死なせて、どうしてわしが生きていらりょう。わしも一緒に死ぬる、死ぬる。
お亀　そりゃほんまかえ？
与兵衛　……わしも死ぬ。お前を死なせてしもて、どうしてわしひとりが生きておらるるかいな。（涙を流す）
お亀　嬉しい――嬉しい――。

与兵衛　こないに追いつめられてしもては、もうどこへも行くとこはない。あの世とやらいうとこへ、二人でいこう。

お亀　いきまひょう。もう誰も二人を引離すやいうことでけん世界へいきまひょう。あんたはもうわたしのものや、わたしだけのものや。——あんたもそない思いはる？

与兵衛　うん、思う。

お亀　仕合せや。こないな仕合せ、生れて初めてや。もう何んにも言うことあらへん。——あんたは？

与兵衛　なんもない。

お亀　お月さんが二人をみてはるわ。きれいな夜や。——川もきらきら光ってるわ。ここで潔よう、美しう死にまひょうな。

与兵衛　うん、死のう。

お亀　お初徳兵衛は、十九と二十四やった、齢《とし》もわたしたちと同じや。きっと近松門左衛門はんは、わたしら二人のことも、お亀与兵衛心中物語という浄瑠璃に書いてくれますやろ。

与兵衛　さァどやろかなァ。

お亀　いいや。きっと書いてくれはる。それでわたしとあんたの名前は、末長ぅ世間に残るのや。——（与兵衛の腰から脇差を抜きとる）——これは、二人の婚礼の時、お父様からあんたにくれはった婿引出《ひきで》の、国光の名刀や。まさかお父様も、これが二人の冥途のはなむけになるやろとは、夢にも思うていなはらんだったやろ。（涙を流す）さき立つ不孝はどうぞ許して——。与兵衛さん、こない名刀やと、斬られても痛うも苦しうもないそうな。さ、しっかり持ってや。

与兵衛　よし。（かたかたと慄えがくる）

お亀　（衿元をひろげる）——このあたりが心《しん》の臓や。わたしが倒れたら、裾をきっちり合せて、みぐるしいさまにならんようにしてや。

与兵衛　分った。

お亀　もしもわたしの死顔が悲しそうな顔やったらいやや。その時はあんたの唇《くち》で、わたしの唇《くち》、吸うてや、したら、にっこり笑うよってな。

与兵衛　……分った。

お亀　南無阿弥陀仏と言い終るのんを合図にな。——（目を閉じて合掌）——南無阿弥陀仏！

与兵衛　（胴慄いがとまらず、目が昏んで、手が動かない）

お亀　南無阿弥陀仏！

与兵衛　（がっくり腰を落として荒い呼吸）
お亀　与兵衛さん――。
与兵衛　（口を動かすが声にならない）
お亀　ほんなら、こうして！
　お亀、片手を与兵衛の手に、片手で袂《たもと》をもって刃を握り、ぐっと自分の胸に突き立てる。――ううっとのけぞって、倒れる。
　与兵衛、うしろへ倒れる。――必死に這いよってお亀をみる。息絶えたお亀をみて、わっと泣く。
与兵衛　わしも、わしも、すぐあとから――。
　前後もなく惑乱した与兵衛、脇差を逆手に持ってわが身に突きたてようとするうち、手許が狂って脇差を川の中へ取り落とす。
与兵衛　あっ！　しもた！　どないしょう――。

うろうろと川べりを這いまわって覗く。帯を解き、着物を脱ぎ捨て、下帯ひとつになって川へ入る。ずぶずぶずぶ——思ったより深い。——川底を探しまわり、水面へ出て空気を吸い、また潜る。
次第に夜明けの空に移る。一番鶏の声。
一瞬、意識を取り戻したお亀、与兵衛の姿を求めて這いよる。

お亀　与兵衛さん——与兵衛さん——。どこや、どこや——なにしてじゃ。

与兵衛、探しあぐねて岸へ寄る。荒い呼吸——

お亀　与兵衛さん——どこや。わたしを捨てて、逃げはるのんか。
与兵衛　（仰天して）お亀！
お亀　なにしてじゃ。わたしを捨てるのんか。
与兵衛　そやない。刀、刀さがしてるのや。
お亀　いやや、いてしもたらいやや。

与兵衛　あっ！　危ない！　あっ――。

瀕死のお亀、与兵衛にからみつき、争いつつ与兵衛もろとも川にずり落ちて沈む。――波立つ水面に、与兵衛、浮ぶ。無我夢中で岸に泳ぎつき、半ばまで這いあがる。女の手が足首をつかむ、ずるずるずると引戻される。ぎゃあっ！　と叫ぶ。――ずるりずるりと水中に引きこまれる。――大波が立ち小舟が揺れる。――与兵衛、半死半生、小舟にしがみつく。

与兵衛　助けて――助けてくれ――誰か――。

早出の漁師、二人連れで急いでくる。

漁師㈠　声がしたで！　身投げやないか。

漁師㈡　あこや！　あこや！　おい！　しっかりせえ！

漁師たち、駆けよる。

（転換）

（その三）

大和　平群《へぐり》谷付近

竜田川流域の谷間。遠く生駒山、信貴山《しぎさん》があり、仏塔が小さく遠望される。一望の積雪。なお降りつづいている。時おり強い風がきて吹雪く。
丘陵の下の裏街道。その岐れ路に松の大木が枝をひろげて、下に小さな庚申堂。石仏、道標、切株などがある。

…………

旅人に姿を変えた忠兵衛と梅川、笠に顔を隠し、雪に行き悩みながら、手を執り合ってくる。——庚申堂まできて、ほっとする。
たがいに体の雪を払う。

忠兵衛　あいにくまた降り出してきよった。この雪道で難儀なことやったろう。

梅川　いいえ。わたしのために、とうとうこないなところまで来てもろうて――。

忠兵衛　なんの。お前の生れ在所を、わしも一目みておきたかったのや。せめて親たちに、よそながら別れをさせたいと思うたのやが――。ちっと遅かったな。

梅川　もうそれを言うて下さんすな。たった一人残った母《かか》さんも、十日まえに死なしゃったと聞いて、いっそ心残りがのうなりました。あの世とやらいうところで、母さんも待っていなはるやろ。

忠兵衛　お前を死なせとうない。なんとしてもお前を死なせとうないのや。大坂をのがれ出てから、この二十日あまりいっ時も離れず、人目を忍び隠れ通して、ようようここまでは逃げおおせた。わしは所詮のがれられぬ科人やが、お前には助かる道があるのや。生きてさえいたら、また仕合せのくる時もあろう。お前と別れとうはないが、道連れにして死なせるのは、身を斬られる思いや。いっそ大坂へ戻る気にならぬか。

梅川　忠さま――。わたしも、いつ言おうか言うまいかと、あなたと別れとうないばっかりに、今まで言えずにいましたことや。あなたの生れ在所の新口《にのくち》村にも、とうに追手がかかっているそうな。ここにしても、すぐに詮議の手が伸びるのは知れている。足弱の女を連れて、ことにはこの大雪では、とてものがれる道はありませぬ。

この裏街道を南へとって、生駒の裾を西へたどれば五条口や。そこから険しい山路を登れば、紀州のお山へ入ると聞いている。熊野行者になりと姿を変えれば、男ひとりなら、身を隠すてだてはありますやろ。どうぞ一日でも半日でも生き延びて下さんせ。

忠兵衛　それでお前はどうするのや。

梅川　大坂へ戻れば、またもとの遊女にされるのは知れたこと。たとえ二十日の間でも、あなたの女房と思うてきたわたしに、できることと思うてか。――ここはわたしが七つの時まで育った在所や。まだ知る辺の一人か二人はありますやろ。その袖にすがって、たきぎ拾うてでも――。（涙を隠す）

忠兵衛　わしは命が惜しうて言うたのやない。せめてお前の母御が生きていたら、お前を預けて、わしは腹切って死ぬ覚悟でいたのや。

梅川　ええっ！　あなたひとりで――。

忠兵衛　かりにお前をここに残して、わしひとりが紀州へ山越えしても、この雪が炭火のように足を焔《や》いて、よう歩かれるものではない。――梅川、この谷間が二人にとっての行きどまりや。わしと一緒に死んでくれるか。

梅川　忠さま――。よう言うて下さんした。あなたが山越えしなはる頃には、わたしも身を投げてなりと、死のうと決めておりましたのや。一緒に死なせて下さんしたら、本望の上の本望でござんすえ。

忠兵衛　そうか。死んでくれるな。

梅川　はい。

二人、たがいに瞳をみつめ、相擁して街道を離れ、小高い台地の中腹へ登る。

雪の積った笹原。背後は樹林と切り立った崖。

忠兵衛は話の間に梅川の旅装を脱がせて行く。

忠兵衛　大坂をのがれ出てから、ただ隠れに隠れて、人がましい思いもさせなんだ。身の飾りになる物ひとつ、買うてもやらなんだ。さぞつらかったやろ。

梅川　なんのう。あなたがそばにいてくれはる上に、なにが欲しうござりますかえ。わたしはあなたから、両手にあまるほどもろうてきました。

忠兵衛　わしに会うたばっかりに、この命まで捨てさせるとは思うてもいなかった。不憫とも、いとしいとも……この期《ご》になっても可愛さが忘れられぬ。

梅川　わたしとて同じこと——。あなたに会うたればこそ、わたしはこの在所で生れたままの女に還《かえ》りましたのや。愉しいこと、嬉しいことばっかりやった。わたしほど仕合せな女はありまへんのや。そう見えますやろ。（にっこり笑う）

梅川は緋の下着になっている。忠兵衛に手を貸してその旅装を解いて行く。――忠兵衛は浅黄の下着になる。

忠兵衛　お前はわしの世界や。わしの命や。（梅川を抱いて）死んでまた生きるのや。もしも来世というものがあるなら、必ずお前に会うぞ。

梅川　わたしも――わたしも――。

忠兵衛　（紅色のしごきを梅川の頸に巻く）いとしい！　可愛い！　（力をこめて絞る）

梅川、ぐったりと忠兵衛の膝にのけぞる。

…………

忠兵衛、女を素肌で暖めるごとく抱きしめる。

…………

女を雪の上に横たえ、道中差を抜き、わが胸に、ぐっと突き立てる。雪の上に鮮血が散る。

忠兵衛　梅川！　待っていや！

忠兵衛、女の上にうつ伏す。
雪嵐がくる。

…………

鉦の音がして、旅する乞食坊主助給法師（与兵衛）が、鉦を鳴らしながら、とぼとぼとくる。庚申堂で休もうとして、置き忘れられた男女の笠二つに気付く。付近に誰かいるのかと見廻す。

…………

台地の崖の上から音をたてて雪崩が落ち、男女の死骸を隠す。
雪煙に助給、行き惑って立ちすくむ。
雪崩の中から、お亀の亡霊、在りし日の姿で現われる。

お亀　与兵衛さん――与兵衛さん――。わたしや。もうお忘れかえ。
助給　（あっと叫んで腰を抜かす）
お亀　いつまでわたしを、こないにひとりぼっちにしておきなはるのや。あの蜆川で言うたことは、みんな嘘かえ。
助給　お亀、済まなんだ。わしは人に助けられて、役人にえろうどやされたが、坊主になれば命は助けてやると言われて、この通り、乞食坊主になったんや。お前を瞞したわけやない。わしが臆病者で、よう死ねなかったんじゃ。どうか許してくれ。
お亀　わたしはあんたの来てくれはるのを、今日か明日かと待っているのえ。もう寂しうて切のうて、待ち切れんさかい迎えにきたのや。そないな汚ない坊《ぼん》さんしてはらんと、わたしのそばで暮しなはれな。あんた寂しうはないのんか。
助給　そら愉しいことなんど一つもあらへん。わしは物覚えが悪うて、お経もよう覚えきらん芋掘坊主やった。それでお寺からも追い出されてしもてなァ。
お亀　（忍び笑い）お経が覚えられへんの？
助給　難しうて、何んのことやらさっぱり分らへん。
お亀　せやから早うわたしのとこへ来なはったらええやないの。ままも炊いてあげるし、夜は一つ寝間で、暖かう抱いてあげますえ。お乳吸うてもええのんよ。

助給　そないに言うてくれても、どないしたらええのや。ほんま言うたら、わしは坊主になってから、お前の肌が忘れられず、夢にみたり幻にみたり、お前が恋しうてならなんだのや。
お亀　嬉しい！　今度こそわたしから離れぬと約束しなはるか。
助給　するとも、死ねばええのやな。
お亀　ほんならそこに、木樵《きこり》の置き忘れた綱がある。──それを太い枝にさげて──輪ァに結んで──。

お亀の言葉につれて太い綱がするすると宙に伸び、太い枝にさがる。
助給、ふらふらと近づき、切株にあがり、綱を輪に結ぶ。
──首へかける。

お亀　ほんなら与兵衛さん。早う来てや。
助給　すぐ行くで！　南無阿弥陀仏！

助給、切株を蹴って、ぶらさがった瞬間、太い松の枝がぽっきりと折れ、どっと地面に投げ出される。雪煙が立ち、お亀の亡霊は消え去る。

助給、おそるおそる体を起す。

助給　死んでえへん――死んでえへんわ。（がっくりと力が抜ける）――お亀！　お亀！　どこにおるのや！　もう一度来てくれ！

こだまが返るのみ。雪が降りしきる。

助給　（情けなさに涙が出る）お亀――。わしは、よくよく、だめな男や。死ぬこともようでけんのや。かんにんしてや。わしはこないな乞食坊主で生きていくほかないねん。――けど、お前のために、お経も習うて、ちっとはましな坊《ぼん》さんになるよってな。済まんけど、寿命のくるまで生かしといてや。

助給、笠をかぶり、雪嵐によたよたしながら鉦を打ちつつ去る。

風の音と雪。

幻影の揚屋町と群集。

近松門左衛門作「冥途の飛脚」「緋縮緬卯月の紅葉」「卯月の潤色《いろあげ》」による。

——幕——

近松心中物語　主題歌　それは恋

作詞　秋元松代　作曲　猪俣公章　歌手　森　進一

朝霧の　深い道から
訪れて　私をとらえ
夕もやの　遠い果てから
呼びかけて　私をとらえ
ひたすらの　愛の願いを
あふれさせたもの
それは恋　わたしの恋

逢う時は　姿も見せず
うつつなく　けれど確かに
言葉なく　名前も告げず

ひそやかに　けれど確かに
よみがえる　愛のまことを
あふれさせたもの
それは恋　わたしの恋

ある時は　心許なく
疑いに　思い乱れて
ある時は　おそれにゆらぎ
悲しみに　我を忘れて
その故に　愛の祈りを
あふれさせたもの
それは恋　わたしの恋

●作者のことば

元禄から昭和へ

近松の心中物を新しい観点から劇化したい企画があるという話を聞いたのは、暑い夏の終り頃だった。私に脚本執筆の意向があるかどうかという打診だった。私は上演までに六ヵ月しか時間の幅のない点にためらった。そんな短い期間に書けるかどうか――。へたをすると命とりになる、そんな気もした。しかし、近松作品の世界への魅力と、演出が蜷川さんだということに、つよく関心をひかれ、往ったり来たりしているうちに、その関心と冒険心が、ためらいを打消して行った。

近松作品のうち、心中物は十五篇ある。その中から原作品として何を選ぶかは、私の自由選択に委せられていた。十五篇の作品を前にして、また往ったり来たりの繰返しがつづいたが、私自身の最も好きな作品を軸として選ぶこと、それ以外にないと結論した。

それなら答はとうに決まっていたのだ。「冥途の飛脚」である。

この遊女梅川と飛脚宿の養子忠兵衛との恋物語は、構成が単純で強く、劇としての純度の高い作品である。ことに遊女としての階級の低い見世女郎である梅川は、近松の描いた女性の中でも、最も私の好きな女性である。ただ、原作品での忠兵衛では、一篇の劇の主役としては脆弱なので、新しく私の創作を加えた性格を与えた。そのために今度の忠兵衛役は難役になったかも知れない。しかし平幹二朗さんなら充分にこなせると思う。

「冥途の飛脚」は近松五十九歳の時の作品で、心中物としては十作目に当っている。これを軸として、さらに私は近松作品の、「緋縮緬卯月の紅葉」と、その続編の、「卯月の潤色《いろあげ》」を選んだ。この二作品の発表当時の反響は分らないが、近年ではほとんど上演されたことのない作品なので、知らない人もいると思う。私も今度、はじめて叮嚀に読んでみた。近松五十四歳の時の作品である。

原作のお亀と与兵衛の心中劇は、心中の仕損いと、生残りの男が一年後に跡追自殺をしたという事件を基にして書いたものらしいが、近松作品としては端的に言ってあまり上出来の作品ではない。お亀と与兵衛の人間像に魅力が欠けているためかと思う。そして、その点に私は手がかりを発見した。お亀と与兵衛を別の視点から捉え、与兵衛を死なせないことによって、元禄期の町人と昭和時代のわれわれとの通路にすることができるのだった。

元禄期の上方の町人の生態、とくに遊里の風習、金銭と人間とのかかわり方などについては、意外に資料がすくないので困った。しかし井原西鶴の諸作品から援けてもらうことができたのは幸いだった。

私はこれまで大阪言葉による作品を書いてこなかったので、方言集と分厚な上方語辞典と近松語彙との間に埋れて受験生のように大阪言葉を習得した。しかしこれは私にとっては、忍耐さえすれば楽しいことだった。言葉それ自体が私を支え、勇気づけてくれた。

こんなことに七十日ほどの日数を使ってしまったので、原稿紙に書き始める態勢に入ったのは十一月だった。私の遅筆を知っているスタッフは、年内に書きあがるかどうか、ずいぶん心配してくれたらしい。私にとっては毎日が心臓破りの丘を駆けあがるようなものだった。しかし幸い、十二月早々に書き終えた。私にとっては前例にない力走ができたのだが、それは近松の世界が基盤であったことと、蜷川演出に対する信頼とが、大きな励ましになったからである。これまで私は蜷川さんとは話合いの機会もなかったのだが、その演出による舞台はいくつか観て、敬意を持ってきた一人である。

今、作品は私の手から離れ、舞台化への新しい段階を歩いている。演出と演技陣への信頼によって、私はもとの私自身に還る日がきた。思うことは、人間における愛の事象と、金銭の呪縛は、元禄期の町人もわれわれも、空恐ろしいほど変っていないことである。

（一九七九年「帝国劇場初演公演パンフレット」）

元禄港歌

登場人物

筑前屋　信助（平兵衛の長男）
〃　平兵衛（廻船問屋の主人）
〃　万次郎（平兵衛の次男）
〃　お浜（平兵衛の女房）
瞽女　初音《はつね》
〃　歌春《うたはる》
〃　糸栄（座元）
職人　和吉
〃　弥助
悲田院　法師
筑前屋　番頭
〃　手代
〃　捨松
〃　お末

念仏信徒たち
問屋町の若者たち
瞽女たち
町の旦那衆
船乗りたち
客引の男
客引の女
町の住民たち
子供たち
物売
大道芸人
小役人
番太たち
番所役人

第一幕

播州のある富裕な港町

瀬戸内海を上下する廻船の荷揚げ、積出しで古くから栄えた港で、藩御用の廻船問屋も何軒かある。岬に囲まれた深い湾内にあるので浦廻船の風待ち潮待ちの港でもある。

船着場。

伝馬船から港人足たちが荷揚げをしている。

指図する問屋の手代番頭たち。

陸《おか》へあがった沖乗りの舟子たちが宿や遊び場を求めて陽気に通って行く。客引の男女たちが顔馴染の船頭や舵取などを案内し、新顔には誘いをかけ、大船の入港に弾んでいる。

舟子や人足相手の食物売の呼び声。

船唄（その一）

〽船を出しゃらば　夜深《よぶか》に出しゃれ
帆影みるさえ　気にかかる
北に朝鮮　釜山港
南に琉球　るそん島
唐おらんだの　代物を
朝な夕なに　ひきうけて
日に千貫目　万貫目
小判走れば　銀が飛ぶ
金色世界の　荒らくれも
風をたよりの　浪枕
ちぎれちぎれの　あの雲みれば
人の情《なさけ》が　思わるる〽

客引男　ご苦労さんでござりました。首長うして待ってましたがな。さァさァ――。

客引女　ご無事でおめでとうさんござります。ゆるりと骨休みしなはって下はりまっせ。
客引女　船頭《せんど》はん！　舵取《かんどり》はん！　ようお越し！　ええ妓《こ》が待ってまっせ。
客引男　こっちゃへおいでやす。手入らずの妓《こ》ォでっせ。一度逢うたら忘られへんが。
舟子　べんちゃらぬかしてからに――。
舟子　そん手にゃ乗らんたい。鼻っかけでん、抱かしよるげな。
客引女　美代菊ちゅうとはまんだおるとか。
客引男　おりまっせ、おりまっせ。美代菊はんも待ちこがれてまんが。
船頭　お久しうござります。ご無事のお着きでおめでとうさんにござります。
客引男　若いもんばよろしう頼む。あとからきよるけんのう。
客引女　へいへい。よう心得とります。
　船頭はん！　舵取はん！　ようお着き！　ええ宿がござりますえ。こっちゃへおいでやす。ご案内しまひょう。
　〝喧嘩や喧嘩や〟
　〝また始めよったでえ〟
　〝そば杖くろうたらあかんでえ〟

などと囃し立てながら通行の男女たち、子供たち、猿引、えびすまわしの大道芸人、物売などが逃げてくる。

細工町《さいく》の和吉と弥助が後退してくる。二人とも小突きまわされたらしい軽い手傷を負っている。

二人は細工職の若い見習職人。

追いあげてくる問屋町の若者数人。彼らは細工町の住民より上位だという意識で嵩にかかっている。中に筑前屋（廻船問屋）の次男、万次郎がいる。

弥助　わいらが何したというのんや。わいらばっかり目ェの敵にしくさって。

若者㈠　ぬかすない。さきに因縁つけよったんは誰や。きさまたちやぞ。

若者㈡　そや。人並みに偉ら張りくさって。つら見てもけったくそわるいわ。

若者㈢　海ィぼしこんだれ！　ぼけなすめ！

和吉　わいは因縁つけたんやないで。そこの、筑前屋の中坊《なかぼん》に、話したいことあったんや。そんだけのことや。

弥助　さきに手ェ出しよったんはそっちや。わいらは何んもしてへんが。

万次郎　何んもしてへんと？　おい、みんなも知っとろうが。わしが馴染の女《おなご》を嗤《わら》いくさったんはこやつら二人やぜ。
若者㈠　そやそや。
若者㈡　こいつらや。
和吉　ちごう！　そらちごう。
万次郎　わしを誰と思うて嗤いくさったんや。筑前屋の万次郎やぞ、筑万や。わしを阿呆にしくさると、どないな目ェにおうかよう覚えさらせ。
若者㈠　やい！　あやまらんかい。土下座してあやまれ。
万次郎　ほんなら勘弁してやるわい。
若者㈡　両手ついて、地べたへどたまつけてあやまってみい。
若者㈢　早う土下座せんかい！　とんちきもん！　（蹴る）
弥助　なにさらす！
若者㈢　くるか！　くるならきてみいや。
弥助　くそっ！
和吉　あかん！　手ェ出したらあかん。こらえるんや。手ェ出したらあかん。
弥助　わいら細工町のもんは、なんでこないな目ェにあわにゃならんのや。

若者㈠　なんでやろなァ。わいらに教えてくれへんか。（若者たちどっと笑う）
弥助　畜生っ！　（和吉をふり切って摑みかかる）もう一ぺん言うてみい！
　　問屋町の若者たち、一団になって弥助と揉み合いになる。止めようとする和吉も引きずりこまれる。万次郎は離れて煽り立てる。
万次郎　負けたらあかんでえ。それ！　やったれやったれ！　筑万がついてるでえ。そやそや！　ええぞええぞ！　海へぼしこんだれ！　やったれ！
　　弥助、和吉、押えこまれて胴あげにされ、浜の方へ運ばれる。見物人たちは呆れ騒ぐだけで手を出さない。
　　旅装した信助（筑前屋の長男）がくる。荷を背負った丁稚捨松を供につれている。信助は万次郎を認めて駆け寄る。
信助　万次郎！　万次郎やないか。

しかし騒ぎで声が届かず、万次郎と若者の一団は囃し立てながら去る。見物人たちも物見高くぞろぞろと蹤《つ》いて行く。

信助　捨松、ここに待っておれ。

捨松　へい。

信助、足早に群集の後を追う。捨松はうろうろと見送っている。

筑前屋の女房、お浜、花を入れた手桶をさげた女中お末を供にしてくる。お浜、捨松を認めて立ちどまる。

お浜　捨松やないか。そないなとこで何してるんや。

捨松　へい。ただいま戻りましてござります。

お浜　戻ったのは分ってるがな。若旦那を出迎えにいかしたのんに、何をうろうろしくさってからに。若旦那はどないしたのや。

捨松　あっちゃへ喧嘩みにいなはりましてん。

お浜　喧嘩みに去《い》た？　けったいな、まァ何んやろ。五年ぶりに江戸から戻ったいうの

捨松　んに、まっすぐ家《いえ》へ顔も出さんと。
お浜　中坊《なかぼん》さんが喧嘩してはりましてん。
捨松　万次郎が――？
お末　へい。
　ご寮《りょん》さん、あないな衆がきよります。端《はた》へ寄らはって――。

ばらばらな念仏の声がして、小役人、番太に追い立てられながら悲田院法師《ひでんいんほうし》を先頭に念仏信徒の群がくる。悲田院は老いた乞食のような法師。鹿角杖《わさづえ》をつき、胸にさげた鉦を叩く。弟子たちは僧形とも有髪とも区別のつかぬ風態で、ひさごを叩き鈴を振る。従う信徒たちは、浮浪者、老人、子連れの女、病人、五体不具な者たちである。
小役人、番太たちは口汚く六尺棒で追い立てる。

〝早う立去れ！　いね、いね〟
〝町中へ入ったらいかん言うたろが〟
〝黙らんかい！　しぶといのう〟

　信徒たちは助け合いながら念仏を唱えつつ追われて行く。
　信助、万次郎をうながしながら戻ってくる。

信助　あないな騒ぎに捲きこまれて、怪我でもしたらどないする。悪たれ者とつきおぅたらええことないさかいな、気ィつけなあかんが。（お浜に気付く）おっ母様――。お久しうございます。

お浜　長の道中、ご苦労さんやったなァ。お変りものうておめでとうさんでございます。お父様《とと》が首なごうして待ってはるえ。お前もしばらく見んうちに、えろう立派にならはった。もう一人前の商人《あきゅうど》や。さすがお江戸の水で磨かれはっただけのことはあるもんや。

信助　お蔭さんでございます。

お浜　捨松、さきにいて、兄坊《あにぼん》さんが無事にお着きやと、旦那さんにご挨拶しい。

捨松　へーい。（去る）

お浜　なあ信助、久方ぶりの故郷《くに》帰りやさかいに、今度はゆるりとしていきなはるのやろな。（心はちがう）

信助　はい――。そうさせてもらいたいのは山々でございますが、江戸の出店も近頃はえろう忙しうなりましてなァ、番頭や手代どもに委せてもおけしまへん。親父様と相談事の済み次第に、一日も早う江戸へ去なしてもらいます。

お浜　ほうか——。そら折角やったなァ。けど商人は稼業が大切や。江戸の出店もお前の才覚で、えろう繁昌やそうな。こないなとこに長居しても一文の儲けもあらへんわ。——まァ万次郎、そのなりはなんえ、みとむないやないか。（衿元などを直してやる）

万次郎　ええって！　よけいなことしなはらんでええが。（ふり払う）わしはわしの好いたようにしてるのや。いらん世話なんど焼きなはんな。

お浜　おおこわ！　（うれしそう）

万次郎　墓参りにいきはるんやろ。さっさといにはったらよろしいわ。

お浜　今日は先々代平兵衛さまのご命日やさかいな。お前も一緒に来なはれ。

万次郎　あた辛気くさ！　墓参りなんど男のすることやないわい。

信助　万次郎、そないな口きいてええのんか。お前もしばらく見なんだうちに——。

万次郎　やあ！　来よった来よった。もうくる頃やと思うていたら、やっぱり来たでえ。（伸びあがって遠くをみる）

子供たちが囃し立ててくる。

〃ごぜはんや、ごぜはんや、ごぜはんがきたでや〃

瞽女たちの唄う門付《かどつけ》唄と三味線のひびき。びんざさらを鳴らす歌春（手引《てひき》・めあき）を先きに、糸栄（座元・めくら）、初音（めくら）おのおの三味線を胸に、前の者の負う荷に手をおき、唄いながらくる。あとに数人の瞽女たち（めあき）三味線を弾き声を合せて従う。

門付唄

〽千夜かよても　逢われぬときは
ご門とびらに　文をかく
ご門とびらに　文をかく〽

〽すずり引きよせ　文かきつばた
いつかあやめに　百合の花

いつかあやめに　百合の花〽

〽花は折りたや　梢は高し
咲いてくやしき　恋ざくら
咲いてくやしき　恋ざくら〽

〽見そめ相そめ　ついなれそめて
恋の闇路は　いや増鏡
恋の闇路は　いや増鏡〽

住民の男女たち、船乗り、問屋町の若者たちが集まる。おひねりを渡す者など。

お浜　お前《ま》はんたち、よう来やったな。
糸栄　これは、筑前屋さまのご寮さんでござりますか。お久しうござります。
お浜　目ェがみえへんのに、よう分るもんや。おおかた匂いで分るのやろなァ。（冷ややかに笑う）歌春も初音も、ほかのみなも変りのうてめでたいことや。
糸栄　お蔭さんでございます。今年もまた、ご当地さまへうかがわせていただきました。なにとぞよろしう――。
万次郎　とうに来る頃やと思うて待っていたがな。ちっと遅かったんとちごうか。
糸栄　これは中坊さんでございますなァ。ありがとう存じます。大和から紀州を旅めぐりしておりましたときに、えろう長雨にふりこめられよって、難儀な旅でございましたさかいに。
万次郎　そら気の毒な。
お浜　そや、ええことがある。瞽女はん、今日は筑前屋に祝い事があるさかい、町まわりが済んだら来なはれ。座敷唄を唄うてもらいまひょう。
糸栄　はい。ありがとうございます。
お浜　うちの兄坊がな、久方ぶりに江戸から故郷帰りしたよって、祝い膳を出そと思うてまんね。
糸栄　兄坊さま――。（微かな動き）
お浜　そうや。（冷たく一瞥）……なあ信助、ええやろ。
信助　けどおっ母様。そないなことして下はらんかてよろしいがな。商売用で帰っただけのことやありまへんか。祝い膳も大仰ですやろ。

万次郎　兄《あに》さん、遠慮しなはることないがな。陽気に騒ごやないか。歌春、初音、夕暮れまえに、きっときいや。

歌春　はい。よろしうご贔屓下はりまっせ。

お浜　ほんなら、のちかた会いまひょう。お末、お寺さんが待ってはるわ。（去る）

お末　へえ――。（従う）

信助　早うにお戻りやす。

糸栄　……ほんなら歌春、いこか。

歌春　へえ。（びんざさらを鳴らす）

瞽女たち、再び列をととのえて三味線を構える。

念仏信徒の数人が役人の目を脱がれて走ってくる。吶鳴りながら追ってくる小役人と番太。信徒たちは見物人の足許へ潜りなどして逃げまわる。人々の騒ぎ。女子供の悲鳴。

立ち竦む瞽女たちの手を引いて逃げる者。問屋町の若者たちは好機とばかり歌春を担ぎあげて逃げ出す。

歌春　万次郎さまァ！　中坊さまァ！　たすけてえ！　たすけてえ！

万次郎　やい待てえ！　待たんか！　阿呆！　どまぐれんな！　（追う）

番太に捕えられて曳きずられて行く信徒、さらに逃げて行く者たち。群集は方角もなく散る。

地面に倒れてうつ伏せになった初音が取残される。積荷の蔭に避けていた信助が駆け寄る。

信助　どないした――。しっかりせえ。どこぞ怪我でもせなんだか。（抱き起す）

初音　いんえ。ありがとうございます。

信助　とんだ目ェに会うたなァ。

初音　ようあることですよって――。（落ちた三味線を手さぐりで取る）

信助　……お前、目ェが見えへんのんか。

初音　はい。

信助　気の毒な――。いつもこないして、旅歩きをしてるのんか。

初音　はい。七つの時から、瞽女のお母はんに連れられて――。このあたりも、年に一度はまいります。
信助　ほうか――。わしも童《わっぱ》の頃はここで大きうなったのやが……お前を見たような覚えがある。名ァはなんというのや。
初音　初音と申しまする。
信助　……ええ名や。わしは筑前屋の倅で、信助というのんや。
初音　お名は聞いたことがござります。
信助　ほお――。そらいつの頃や。
初音　ずうっと昔――。
信助　どないな時に？
初音　……もう忘れてしもて、思い出されしません。わたしは十《とお》か、九つの頃やったと思いますねんけど――。
信助　ほんなら、わしもお前に会うたことがあったんやな。わしも思い出されへんけど――。
初音　昔のことでござります。
信助　……。（女をぢっと見る）

歌春、初音を探しに急いでくる。

歌春　姉《あね》さん——。そこにおってか——。えろう案じたえ。どこもなんともないかえ。

初音　あい。このお方に助けてもろて——。

歌春　ほうか。えらいお世話さんでござりました。わたしもあっちゃへ担いでいかれてなァ。いっ時はどないなことになるやろ思いましてん。港町の衆は気ィが荒ろうておとろしうなりますわ。

信助　済まなんだ。なに、うわべはあないに暴れよっても、心まで悪うはない。まァ勘弁しいや。

歌春　若旦那さん。わたしは手引の歌春と申しまする。どうぞご贔屓にして下はりまっせ。（流し目に見る）

信助　お前《ま》はんらは、姉妹《きょうだい》か。

歌春　いんえ。みな貰われよった者ばっかりですねんけど、ほんまの親子姉妹とちっとも変りありまへんえ。ほんなら姉さん、お母はんが案じてはるさかい、いにまひょう。——若旦那さん。のちかたお目にかからしていただきますえ。

歌春、初音の手を引いて行く。初音、ふりかえって見えぬ目で男を見る。
信助、ぢっと見送る。
小役人、番太に曳きずられた信徒たちが、低く念仏しながら引き立てられて行く。

――幕――

第二幕

（その一）

廻船問屋筑前屋の表座敷

奥に見通しで仏間。廊下がある。

座敷に当主の平兵衛。信助。万次郎が祝膳につき、お浜、女中たちを指図して酒などを運ばせている。

廊下に番頭、手代たちがかしこまって瞽女唄を聴いている。

仏間に、糸栄、初音、歌春、ほかの瞽女たちが並んで「葛の葉子別れ」の弾語りをつづけている。

〽されば によりては　これはまた
いずれにおろかは　あらねども
葛の葉姫の　あわれさを
あらあら読みあげ　たてまつる
夫に別れ　子に別れ
ふもとの信太《しのだ》へ　帰らんと
心のうちに　思えども
いやまてしばし　わが心
この世の名残り　いま一度
童子に乳房を　ふくませて
それより信太へ　帰らんと
ねむりしわが子を　いだきあげ
目をさましゃいの　童子丸
なんぼ頑是が　なきとても
母の言うのを　よくもきけ
そちを生みなす　この母が

人間界と　思うかえ
まことは信太に　すみかなす
春乱菊の花を　惑わする
千年近き　きつねぞえ
葛の葉姫の　仮姿
これまで添うたは　六年余
月日を送る　そのうちに
二世の契《ちぎり》を　結びしぞえ
つい懐胎の　身となりて
生んだるそなたも　はや五つ
われは畜生の　身なるぞえ
今日は信太へ　帰ろうか
明日はこの家《や》を　いでよかと
思いしことが　度々《どど》あれど
そちに心を　ひかされて
思わず五年　暮しける〽

語りの一段が終る。

お浜　ご苦労やったな。久方ぶりに「葛の葉」を聞かせてもろた。糸栄も初音も歌春も座敷へいて、一休みしなはれ。ほかの瞽女はんは、店の間ァに町内の衆や出入りの者を呼んであるさかい、あっちゃで唄うなと語るなとして勤めなはれ。今夜は筑前屋の振舞や。せいぜい賑やかにしたらええ。（番頭たちに）お前らもあっちゃの方が気楽やろ。

番頭　へえ。ほんなら勝手させて頂きます。

瞽女たち番頭たち去る。糸栄、初音、歌春は座敷へくる。盲人でも勘が鋭く、見苦しい手さぐり足さぐりはしない。

平兵衛　よう来たな。遠慮はいらん。そのへんへ楽にしい。

糸栄　旦那さま。お久しうござります。お変りものうて、おめでとうござります。また今日は、ありがとうござりました。

平兵衛　お前らも達者で何よりや。歌春も初音も、美しいぞ。お前らはちっとも齢をとりよらんなァ。
歌春　旦那さまかて同じでござりますがな。後《あと》の年にうかごうた時よりも、若うならはってやありまへんか。
平兵衛　うれしがらせを言いよる。（笑う）どや、お座敷はかかってか。
歌春　へい。お蔭さんで、問屋町の越後屋さん、阿波屋さん、長門屋さん、ほかにも何軒か口をかけて下はりました。（酌をする）
平兵衛　そら繁昌で結構やな。しっかり稼ぎや。
万次郎　兄《あに》さん、瞽女はんらは面《おも》ろい唄をたんと知ったァるさかい、あとで座敷を変えて、陽気に騒ぎまひょう。さァ飲んで下はり。
信助　わしはあまり飲めへんのやが――。
万次郎　まァ今夜はよろしいやろ。兄さんは江戸で五年も暮しはったさかい、こないな瞽女はんなんど、見とうもないやろけど、まるきし女《おなご》のおらんよりましやと思うて下はり。
信助　そないなことはない。わしはこの家で、瞽女唄をきいたんは初めてなんや。せやから、えろう感じ入って聞かせてもろた。瞽女はん、ええ唄やった。

糸栄　ありがとうございます。お恥ずかしい芸で身すぎ世すぎをいたします。
信助　まだ童《わっぱ》の頃やが、よその家から瞽女唄の聞えるのんを、通りすがりにええ唄やと思うたことがあった。門付しながら町まわりしてるのんも見たが、あれもやっぱりお前らやったかな。
糸栄　はい。このあたりをめぐらせてもろてますのんは、昔からわたしどもでございますさかい。
お浜　この人らの旅歩きは、何十年はおろか、何百年も昔からのことやそうな。この糸栄も、何代目かの瞽女はんで、わたしは糸栄の七つ八つの頃も、娘盛りの頃も、ようう見知ってますえ。年頃もおおかた同じやさかいな。わたしのお父様が、この糸栄をたいそうご贔屓にしなはって、よう唄わせはったもんや。（糸栄に）お前は器量よしやったから、若い男はんからたんと騒がれたなァ。
糸栄　なにをお言いますやら。こないな目んない千鳥では、闇夜を歩くような一生でございます。なんの仕合せもありまへなんだ。
万次郎　そらそやろ。そこの初音もええ女やけど、目ん目ん千鳥では相手が見えへん。なァ初音、お前、ええ男いうもんはどないな顔か、見てみたいやろ。
初音　もうたんと見てまいりましたさかい、よう分っておりますえ。わたしらの唄を、

万次郎　ええ唄やったと言うて下はるお方は、みなええ殿方でござります。
信助　なんや、それだけか。つまらんこと言いよる。ほんなら言うちゃろ、ええ唄や、ええ唄や。（笑う）
万次郎　おかんか！　お前ちっと飲みすぎや。庭へいて風に当ってきい。
平兵衛　こわい兄者に叱られよった。お星さんでも拝んできまひょう。（去って行きながら歌春に目くばせ）
お浜　仕様むないやっちゃ。糸栄も初音も気ィ悪うしなや。――お浜、わしと一緒に来てくれへんか。
平兵衛　なんですやろ。
お浜　信助もおることやし、ここで言うてもかめへんやろ。このあいだ中から話のあった万次郎の縁談のことで、仲立ちしてくれはる姫路の播州屋さんがみえてはるのや。
平兵衛　あのお話なら、万次郎がいやや言いますよって、お断わりしたのんとちがいまっか。
お浜　せやけど、もう一度考え直してくれ言わはるのや。とにかく会うて、叮嚀にお断わりせな、うちの大事な取引先や。

お浜　へえ。あとから参りますよって。
平兵衛　万次郎のやつ、あない結構な縁談を、なんでいややなんぞと——。

平兵衛去る。この話の間に歌春そっと姿を消す。

お浜　信助もそろそろ嫁どりせなあかんけど、江戸にいることとやし、気に入ったお人がもうあるのやないのんか。
信助　そないな者はありまへん。独り身の方が気楽ですよって。
お浜　お前は存外、選り好みがきついのやろなァ。ほんなら糸栄も初音も……（歌春のいないのに気づく）ゆっくりしいや。あとで夜食が出るよって。
糸栄　お手をわずらわせよります。

お浜、去る。店の間で瞽女たちの弾語りが始まっている。

信助　瞽女はん。さっきお前らの唄うたのは、なんという語物や。
糸栄　あれは、「葛の葉子別れ」というて、人形浄瑠璃にもなっておりますのやが、兄坊さまは、あないなものはお好きではありまへんやろな。
信助　忙《せわ》しうてよう見にもいかれへんのや。わしは十五の齢に大坂へいかされて、商売の見習修業をしよってから、あとは江戸住いや。ここへもめったには帰られへんかった。さっき聞いた「葛の葉」の話も詳しうは知ってえへん。葛の葉というのんは、どないな素性の女なのや。
糸栄　ようお訊ね下はりました。葛の葉の女といいますのんは、千年の昔から、人里離れた、森の奥に棲んでおりましたのや。その女がふとしたことで、人里の男に逢いとうなって、白い狐になって逢うたというのでござります。
信助　そないにしてまで逢いにくるのは、なんのためや。――恋のためか。
糸栄　はい。森に棲む女も恋をいたしますのや。けど、人里の男に恋をした罰で、生れたばかりのわが子を残いて、また森の奥に戻らにゃなりまへなんだ。――それが子別れの話でござります。
信助　……美しうて哀れな話や。森に帰った白い狐は、さぞ悲しかったやろ。
糸栄　はい――。（思わず涙を流す）
信助　どないした。何か思い出させてしもうたようや。
初音　お母はん。お店の間ァの様子をみにいきまひょう。

糸栄　そうしょうか——。
信助　……済まんが、ひとりで飲む酒はうもうない。初音を話相手に貸してくれまいか。
　いややったら無理にとは言うてへんけど——。

糸栄、初音、去る。信助、ひとりで盃を重ねる。
胸に閊《つか》えるものがある。
初音、静かにひとり戻ってくる。

初音　あまり飲みはってはお体にさわりまひょう。もうおやめなァれませ。
信助　目ェが見えへんのに、よう分るの。
初音　わたしが唄なと唄いまひょう。陽気な唄がござりますえ。
信助　唄は聞きとうない。お前に訊《た》ンねたいことがあるのや。
初音　わたしの存じよりますことなら——。
信助　お前に訊ンねるほか、誰にもよう言われんことや。——あの糸栄は、子ォを産ん
　だことがあるのやないのんか？　——そうやろ。——ちごうか。
初音　わたしは、そないなこと知りませぬ。知るわけがござりませぬ。

信助　いやある。さっき流した涙は、子ォを持った女の涙や。お前は知らぬと言うが、わしにはそう思えるのや。

初音　兄坊さま。なぜそないなことを知ろうとなァれますのや。女が包み隠しているものを、明るみに出しなっても、詮ないことでございまひょうに。

信助　……知らぬというならもう訊くまい。その代り、わしの話を聞いてくれんか。──わしはぢっきに江戸へいぬる。もうここへは戻らんつもりや。せやからお前とも、二度と会うことはないやろ。これぎり会わん男の話と思うて聞くがええ。──わしはここの母者を、ほんまの母と思うてへん。わけは何もないのやが、ほんまの母は、どこかほかにいなはると思うてきた。──小童の頃やったが、あくたれ仲間が、信助は白狐のくわえてきた赤児やというて、わしをからこうたことがあった。白狐の赤児──。その言葉が、わしはずっと忘られなんだ。

初音　信さま──。哀しいことを言いはります。わたしどものような、旅から旅に明け暮れする女《おなご》たちには、きびしい掟《おきて》がありますのや。言うてはならぬこと、してはならぬことがたんとござります。いつの世に、誰が決めはったか知りまへんけど、掟にそむけば、旅にも出られず、千年の森へ帰ることもでけしまへんのや。──どうぞもう、わたしに何も訊いて下はりますな。

信助　よう分った。埒もない話を聞かせて済まなんだ。もう忘れてくれ。
初音　信さま。江戸は、遠いところでござりまひょうな。
信助　そうや。お前らの唄うてくれた唄も、今日が初めの終りや。あんまりええ唄やったさかい、わしから何んぞ礼をしたいのや。欲しいものがあったら言うてくれんか。
初音　欲しいもの――？
信助　なんなりと言うてみ。
初音　これぎりもう逢われぬのなら、わたしともう一度、逢うて下はりまっせ。
信助　初音――。
初音　港の西の端れに、小さな岬がござりまひょう。小高い丘の上に、古いお寺さまがありますやろ。
信助　ある。唐崎寺《からさきでら》というのや。
初音　そこの、阿弥陀さまのお堂が、わたしの生れたところですよって――。明日の明け六つ頃、葛の葉の白い狐が待っておりますやろ。
信助　明日の明け六つ――。阿弥陀堂――。

初音、すり抜けるように廊下の闇に去る。

信助、女の名を呟く。

（転換）

（その二）

筑前屋の庭に面した裏座敷（前場と同じ夜）

万次郎が女を待っている。

店の間の弾語りは陽気な祭文になり、人々の笑声など。

歌春がそっと入ってくる。

万次郎　歌春――。よう来たな。待遠うやったぜ。誰にもみつけられへなんだか。

歌春　胸がこないにどきどきして――。

万次郎　可愛いやっちゃ。逢いたかったぜ。――どないした、わしに逢うて嬉しうないのんか。

歌春（離れて）一年に一度、人目を隠れてこないして逢うのんが、女には嬉しいばっかりやと思うてはるのんか。
万次郎　分ってるがな。せやけどこないして逢うさかい、たまの逢う瀬がようけ楽しいのんや。待ちこがるる気ィにもなるやろ。
歌春　あんさんはそういうお人や。（すり抜けて）――男はんはそれでええやろ。男はんは自由やさかい。けど女はなァ、七夕さんのように、一年一度、天の河を渡るような恋路はよう歩かれへん。
万次郎　なにが言いたいのや。はっきり言うてみ。――それよりもっとそばへこな、あかんやないか。（女を引寄せる）
歌春　好かん、そんなん好かん――。（しかし拒みきれない）
万次郎　お前がわしに惚れて、わしがお前に惚れて。ほかに何が言いたいのや。ほうか、旅の途中で、好きな男に出会うたんか。
歌春　あんまりなこと言いはる！（突きのける）――わたしら瞽女は、女郎衆とはちがいまっせ。芸は売っても操は売りまへんえ。
万次郎　阿呆らしいこと言いなんな。芸を売ろうと操を売ろうと、かめへんやないか。お前の好いたようにしたらええがな。
歌春　まあ！　本気でそないに思うてはるの？

万次郎　お前、しかつめらしい顔しよるなァ。（笑う）――そないな顔も悪うないぜ。なかなか愛らしいわ。ええ女というのんは捨てるとこが無いというけど、ほんまやな。
歌春　もう聞きとうない。あんさんは、誠いうもんのないお人や。こないな仲になってしもてから三年目、わたしにもやっと分ったんやわ。
万次郎　誠やと？　お前とこうして逢うてるのが誠や。こないな世の中に、ほかに何があると思うてんねん。世間のお人らは、賢そうなまじめ顔してからに、あくせく稼いでるけどな、憂世は束の間ァの夢みたようなもんやぜ。ぢっきに爺婆《ぢぢばば》になって、枕許でちいんと鉦が鳴るわい。
歌春　……万次郎はん。わたしと別れて欲しい。今日限り別れて欲しいのや。
万次郎　言いたいことというのんはそのことか。
歌春　へえ。もう二度と逢わんことにしまひょう。それがおたがいの身ィのためや。わたしはこないなご大家《たいけ》の嫁御寮にならるる身分やありまへん。あんさんかていずれ花嫁御寮をもらいはるやろ。わたしはなんぼ旅芸人でも、日蔭の女にはなりとうないのや。
万次郎　ふうん。えろう分別くさいこと言いよるなァ。わしは嫁なんぞ貰わんで。女房たらいぅ重たい荷物はごめんや。当分親父の臑かじって、いずれ兄貴が後をとるやろから、齧る臑には事欠かん。気楽なもんや。お前かてわしのような男を持ったら、なんぼ安気か分らへんで。

歌春　どこまで女を阿呆にしはるのんや。これでもわたしを嫁に欲しいと言うてくれはるお人もありますえ。

万次郎　ふうん。そら面ろいなァ。

廊下の方で、丁稚の捨松が万次郎を探している。

〝中坊さん――中坊さん――いやはりますか――〟

歌春、片隅へ身を縮める。捨松の声、遠くなる。

万次郎、襖に支えをする。

万次郎　だんない。――ほで、お前、嫁にいく気ィになったんか。

歌春　まだ決めてやないけど……。お母はんのとこへ、筋道立てて、嫁にくれへんかと言うてきたお人があるのや。
万次郎　どないな男や。この土地のもんやな。名ァはなんというのや。
歌春　まだ言われへん。わたしと釣り合うた身分のお人やし、わたしも身ィを固めるなら今やと思うのや。
万次郎　そらそや。嫁にいたらええ。
歌春　分ってくれはったん？　わたしもあんさんのことはきっぱり思い切りましてん。これまでの縁は忘れて欲し。――ほんなら――。（去ろうとする）
万次郎　歌春――。嫁にいてかめへんで。けど、わしを忘るるやなんて、お前にはでけへん。わしがよう知ってるわい。（女を抱きすくめる）
歌春　いかん、いかん、あんまりや――。（あらがいつつ男に惹き入れられる）
万次郎　わしはお前の初めての男や。わしもお前が気に入ってるのや。明日の（女の耳に囁く）……ええな。
　廊下にお浜の声、〃歌春――歌春――〃と近づく。〃歌春はどこやろ――〃
万次郎　あかん。おふくろ様は苦手や。

万次郎、庭草履をつっかけて去る。歌春、急いで身づくろい。
襖を叩くお浜。〝おかしいな、ここが開かんようになってる。誰ぞおるのんか〟
歌春、急いで支えをはずす。

歌春　へえ。ここにおりましてん。
お浜　お前……なにしてたんや。
歌春　あの、ちっと気分が悪うなって、休ませてもろてました。
お浜　ほうか――。そう言えば今夜は陽気はずれに蒸し暑いなァ。（庭を見る）天気が変るのかも知れへん。海が荒れよったら船方衆が難儀しやはる――。なァ歌春、さっき糸栄から聞いたのやが、お前に縁談があるそうで、結構なことやなァ。
歌春　へえ――。
お浜　相手はうちへも出入りしている職人の和吉やそうな。あれなら律義によう働く男やよって、ええかも知れんな。わたしも会うてみたいし、ここへ呼ぶさかい、話し合うてみたらどうや。

歌春　もう来てはるのんですか。
お浜　瞽女唄きさに、店の間ァに来てるがな。（廊下でお末を呼ぶ）――糸栄はお前の気持次第やと言うていた。和吉に会うてみて、気ィが進まんようなら断わり言うてかめへんのや。

お末、くる。〃へえ。お呼びで――〃お浜、二言三言指図して去らせる。

お浜　なァ歌春。お前ら芸人という者は、なかなか気位の高いものやけど、埒もない高望みしたらあきまへん。堅気の人の女房になれるのやったら、仕合せと思いなはれ。
（歌春の髪を撫でつけてやる）
歌春　そらよう分っております。お母はんも常々そない言うてはりました。
お浜　夫婦《めおと》というものは、初めはしっくりいかんようでも、三年五年たつうちに、ほんまにええもんやと思うようになるのや。お前は実の親にも早う死に別れたそうや。一生瞽女の手引して暮すつもりではないやろ。

庭からお末のあとに蹤いて、見習職人の和吉がくる。お末、座敷を示して去る。和吉、遠慮ぶかく近づく。
和吉　お家《いえ》さま――。細工町の和吉でございます。
お浜　おお、待っていたぞえ。そこでは話が遠い。こっちゃへお入り。遠慮せんかてよろし。
和吉　ほんなら、ごめんこうむりまして――。（端近にかしこまる）
お浜　お前、歌春を嫁にもらいたいそうなが、いっ時の浮いた気持ではないやろな。
和吉　滅相もない！　（歌春に）お前《ま》はんの方では、わしの顔なんど、今初めて見るよなもんやろけど、わしはずっと前からお前はんを――。本心や。ほんまや。
お浜　けどなァ。お前はまァだ見習職人やろ。女房もろうて、養のうていけるのんか。
和吉　わしは貧乏やけど、親兄弟もありまへん。気張って稼げば、女房ひとりに、ひもじい思いはさせしまへん。
お浜　そら当り前や、決まったるがな。せやけど一文無しでは世帯は持てへんで。
和吉　せやから、一年まえから好きな酒も、ふっつりやめて……世帯持ちたい一心ですねん。
お浜　そらええ心掛けやなァ。けど歌春も女や。いますぐ返事もでけへんやろ。あとで返事するさかいな。

和吉　へえ。よろしうお願い申します。ほんならこれで――。

お浜　わるいようにはせえへん。

和吉　どうぞよろしう――。（心残りのさまで庭から去る）

お浜　頼もしげな男や。見た目ェにはぱっとせえへんけど――。小唄にもあるやろ。〝梅は匂いよ、木立《きぶり》はいらぬ。人はこころよ、姿はいらぬ〟（口三味線を入れて、笑う）

歌春　（つられて笑う）

平兵衛が廊下を通りかかる。

平兵衛　えろう陽気やな。なんぞええことでもあったんか。

お浜　歌春に見合いをさせましてん。

平兵衛　ほうか。歌春、どないやった。満更でもないような顔してるやないか。

歌春　知りまへん。（恥ずかしそうに急いで去る）

平兵衛　（笑う）おぼこやなァ。

お浜　歌春がおぼこ？　――あんたどこに目ェつけてはりますのんや。あれは万次郎と、とうにわけのある仲ですがな。
平兵衛　なんやて！
お浜　わたしは前からうすうす勘づいてはいたのやけど、つい今のさっき、あれと万次郎がここで会うていましたがな。
平兵衛　ふうん。そら知らなんだ。
お浜　もう情けのうて、浅間しうて、涙が出よります。瞽女やなんぞいぅ旅歩きの女なんどと――。
平兵衛　けどなァ。二人とも若い者や。間違いはあり勝ちなことやろ。大したことやあらへん。堅気の娘に手ェ出したわけではなし、たかが旅芸人の女《おなご》や。放っとけ放っとけ。
お浜　さすが親子は争われんもんや。親子二代があないな女どもに関わり合うて。
平兵衛　なに！
お浜　もしも歌春に、万次郎の赤児《やや こ》がでけても、わたしはもう引取りまへんえ。
平兵衛　なんやと！
お浜　忘れてはいまへんやろ。糸栄にあんさんの赤児がでけたとき、わたしのお父様が、生れてきよる赤児に罪はない、筑前屋の子ォにせいと言わはって、あの信助を引取らはった。世間には、わたしの産んだ総領息子やと言うて育てましたんや。
平兵衛　お浜、そらお前も承知の上でしてくれたことや。糸栄とのことは、逢魔ヶ時のひょんな間違いや。このことは、信助には覚らせてはならん。よけい罪を作るだけやぞ。ええな。
お浜　あんたは信助、信助と、えろう不愍がらはるけど、万次郎には情のないお人や。あの子は実正、あんたとわたしの息子やありまへんか。
平兵衛　分りきったことや。二人ともわしの倅やぞ。実子の継子のというて、分けへだてしよるのはお前やろ。
お浜　えろう済んまへんなァ。せやけど、信助と万次郎を同じいに思えと言いはるのんは、男はんの得手勝手や。女房を踏みつけにしなはったんは、どなたはんやろ。わたしは万次郎が可愛うてなりまへんけど、信助は顔みるのも業腹ですねん。
平兵衛　もうええ。聞きとうない。
お浜　わたしらは夫婦というても名ばかりやけど、あんさんの胸の中は読めてますえ。信助を江戸から呼戻しはって、この筑前屋の後を嗣がせはるつもりですやろ。
平兵衛　そうや。万次郎を憎むのやないが、あないな性根のすわらん者には、この稼業

の捌きはようでけん。身代限りにしくさるのが関の山や。（去る）

お浜、冷ややかに見送る。

店の間で瞽女たちの唄う祝歌。

――幕――

第三幕

（その一）

唐崎寺　阿弥陀堂

廻廊と階段があって境内の一部がみえる。

堂の奥は庫裡につづく。

夜明け方。

堂内の壁に薦《こも》で覆った灯が二、三。須弥壇の仏像を隠すように南無阿弥陀仏と大書した軸が垂れている。念仏信徒たちがうづくまるように一団となって詠唱念仏をつづける。

鉦の音。

境内にお百度を踏む一心不乱な女の姿。

…………

念仏が終る。——悲田院法師が立つ。

悲田院　滅罪往生、即身成仏。——われら愛慾煩悩の海にただようものには、寺もいらぬ、経もいらぬ、坊主もいらぬ。ただ一心に念仏して、おのおのが菩薩行を怠らず、阿弥陀仏に会い奉るのや。

信徒たち悲田院に従って、和讃を唱えつつ堂内を一巡し、境内へ降りて去る。
（軸をとりはずし、灯を消す）

空也和讃
〽人は男女《なんによ》に　かわれども
赤白二つに　分けられて
生ずるときも　ただひとり
死する闇路に　友もなし

東岱《とうたい》前後の　夕煙
北嶺《ほくれい》朝暮の　草の露
おくれ先立つ　世のならい
ただ何事も　夢ぞかし〜

　堂内に残った三人の女は、糸栄、初音、歌春である。歌春、立って堂の蔀戸《しとみど》をあげる。
　夜明けの光が流れこむ。

歌春　お母はん。夜が明けましたえ。海がきれいやわ。お日様が昇りはる——。
糸栄　ありがたいことや。（合掌）
初音　（合掌）今日の一日を、どうぞつつがのうすぐさせて下はりまっせ。
　三人の女、しばらく合掌して祈念する。
糸栄　歌春——。お前、心が決まりましたかえ。

歌春　はい。お母はんや姉さんと別れとうはありまへんけど――。嫁入りさせてもらいます。

糸栄　ほうか。お前の心次第やさかい、お前のええと思う通りにしなはれ。

歌春　わたしはお母はんや姉さんのように、芸で身ィを立てとうても、芸の筋もようありまへんし、もろて下はるお人のある時に、身ィを固めなあかんと思いましてんやわ。

糸栄　よう分別しやはった。嫁入りしたら、男はんを大切に、ええ女房にならなあきまへんえ。

歌春　はい。姉さん、長いこと仲良うしてくれはったなァ。ほんまの姉さんと別れるようや。（涙）

初音　なんのう、お前が仕合せになるのやったら、なんも寂しうはない。わたしの分まで仕合せになってや。

歌春　姉さん――。

初音　お母はんのことは気遣いありまへんえ。わたしがついているさかいにな。

歌春　よろしう頼みます。

　階段の向うにうづくまっていた和吉、立ちあがる。

和吉　歌春はん——。わしや、和吉や。
歌春　まあ——。そないなとこにいなはったんか。
和吉　びっくりさせて済まなんだ。お前はんの返事を早う聞きとうて、つい、こないなとこまで——。
糸栄　あんさんが和吉さんかえ。
和吉　へえ。
糸栄　歌春の返事は、いまそこで聞きはった通りや。よろしおしたな。
和吉　へえ！　ありがとうさん。ほんまにありがとうさん。
糸栄　どうか末長う、歌春を可愛がってや。長年手塩にかけたほんまの娘と同じやさかいな。
和吉　そらよう分ってます。必ず仲良う暮すよって、安心して下はり。わしのような者でも、ほんまの倅やと思うてくれたらうれしいですがな。
糸栄　頼もしいことを言うてくれはります。——ほんならすぐここを降りて、筑前屋さまにご挨拶せなあかんやろ。

初音　お母はん。わたしはもうしばらくここにおりますよって。

糸栄　ほうか――。（ふと、いぶかしい思い）ほんなら早うに戻りなはれや。

　糸栄、歌春、堂を降りて、和吉とともに境内を去る。初音、廻廊まで出て、見えぬ目で見送る。

　明け六つの鐘がひびく。

　須弥壇の蔭から、そっと信助がくる。

初音　信さまか――。

信助　そうや。

初音　よう逢いにきてくれはりました。

信助　今日の夜明けを待ちかねて来たのや。お前に逢うたのはつい昨日やが、もう何年も前からお前を知っていたような気ィがする。けどわしは、お前のことはなんにも知ってえへん。

初音　それでええのでござります。わたしのような旅に暮す女に、なにがござりまひょう。旅というても、闇の中を歩く旅ですよって。

信助　お前の生れはどこや。ふた親はどないした。目ェの見えへんようになったんはいつからや。
初音　このお堂に、お絵馬がたんとあがっておりますやろ。
信助　……うん、ある。
初音　探して下はりまっせ。小さな古いお絵馬で、お初、六歳と書いたのんがありますやろか。
信助　お初、六歳か？——それがお前のほんの名前か。（絵馬を見て行く）絵馬は仰山あるが——。
初音　わたしには探されしまへんのだが、そのお絵馬に、ふた親の名ァと生国が書いてあるのやないのんかと思いますねん。——わたしは六歳の時、そのお絵馬ひとつ持って、この阿弥陀堂に捨てられいましたそうな。
信助　捨てられて——。その時はもう何も見えへなんだのんか。
初音　はい——。もしふた親がどこぞに居てるなら、尋ねていきたいと思いますねん。
信助　お前を捨てた親でもか。——おお、あった。これや——。お初、六歳としてあるがな。
初音　ほかに何んぞ書いてござりますか。

信助　いや――。歌が書いてあるだけや。
初音　歌――？　それを読んで下はりまっせ。幼な心に聞いた、あの歌かも知れませぬ。
　早う読んで――。
信助　〝ほとけは　常にいませども　うつつならぬぞ　哀れなる　人の音せぬ　あかつ
　きに　ほのかに　夢にみえ給ふ――〟
初音　（低く同じ歌を唄う）
信助　初音――。よう唄うてくれた。わしはお前と離れても、今の唄はよう忘れんやろ。
初音　（男の頬に指をふれる）信さま――。わたしのために泣いてくれはったお人は、
　あなたが初めてでござります。けど、わたしを哀れな女とは思うて下はりますな。
信助　そうではない。お前はわしの心をゆさぶるのや。常には思うてもいなんだことを
　思わせるのや。――お前のせいか、わしのせいか。
初音　いまの、この時かぎり、二度と逢われぬためでござりまひょう。ものを見る世界
　のあなたと、闇夜の女のわたしは、二度と逢うてはなりませぬ。けど、いまのこの
　時は、二人とも闇の中に出会うたのでござります。
信助　そうや。わしの中の闇夜がお前を呼ぶのや。――（くちづけする）
初音　……もう参らねばなりませせぬ。

信助　なぜ。どこへいく。
初音　……（そっと離れる）誰ぞ、丘を登ってきやはります。
信助　……わしには何も聞えぬ。
初音　あのお人や。ぢっきにここへ来やはります。あなたの血ィが呼んではるのや。
信助　初音、去ぬるな。もう一度、逢いたい。逢うてくれ。去んではならぬぞ。

初音、男をふりかえって須弥壇の蔭に消える。
筑前屋の丁稚捨松に手を曳かれて糸栄が境内にくる。

捨松　あこに兄坊さんが居てはります。
糸栄　兄坊さまが——。（動揺を抑えて）さよか——。
信助　何ぞ用があってか。
糸栄　あの、初音の帰りが遅うございますよって……初音は居てやありまへんやろか。
信助　いや——。わしのほかは誰も居てへん。捨松、あと半刻《はんとき》ほどしたら迎えにきい。
　（小銭を与える）
捨松　へい。ありがとうございます。（去る）

信助　瞽女はん。こないなとこで二人きりになるとは思うてもおらなんだ。まァちっと休んでいたらええ。（手を曳いて堂内へあがる）――お前はんから葛の葉の話を聞いたのんは、つい昨日の夜やったが、ほんにええ話を聞かせてもろた。わしはお前はんが、もしかしたら、子ォを持ったことのある人やないかと思うたほどやった。ほんまにそないに思いとうなるほどやった。

糸栄　はい――。

信助　この世の中には、真実を真実やと言えへんことが、たんとあるのや。わしはぢっきに江戸へ戻らにゃならんのやが、お前はんのことはよう忘れんやろ。いつまた会わるるか分れへんけど、いつまでも達者で暮しなはれ。病みわずらいなどせんように――。

糸栄　はい――。（涙があふれる）

信助　お前はんに、なんぞ礼をしたいと思うたのやが、わしも旅先で……（懐中から小さな錦の袋をとり出す）こないな物しか持ち合せがないが、これは南蛮渡りの翡翠や。煙草入れの根付にでもしょうかと思うていたのやが、これを、簪《かんざし》に細工して、お前はんの髪の飾りにしてくれへんか。（手に握らせる）

糸栄　兄坊さま――。うれしうござります。

信助　……翡翠というのんは、深ァい山の谷間から掘り出いた、美しい緑色の玉や。お前はんに、よう似合うやろ。
糸栄　兄坊さま――。（声を忍んで泣く）
信助　…………。

境内に歌春がいそいそとしてくる。あとから和吉と捨松もくる。

歌春　お母はん――。まあ兄坊さま。お早うございます。お母はんは――？
信助　ここに居てる。旅の話を聞かせてもろていたのや。
歌春　なァ、筑前屋さまの旦那さまも御寮さまも、話が決まったのやったら、今夜にも仮祝言の盃事したらどうやと言うてくれはりましてん。（和吉をふりかえって恥ずかしそうに笑う）――和吉はんも、そうしたい言いはりますねん。
糸栄　そら結構なことや。
歌春　今夜いうたら、ちっとせからしうて――髪も結い直さななりまへんやろ。お母はんに手伝うてもらわなあきまへんわ。
糸栄　そうやな。ほんならすぐ宿へ戻りまひょう。

歌春　兄坊さま。えろう済んまへんけど――。
信助　いや、かめへん。和吉、おめでとうやったな。
和吉　へえ。ありがとうございます。筑前屋さまには、ほんにお世話になりよりました。
　ご恩はよう忘れまへん。
歌春　ほんなら、ご免さしていただきます。

　糸栄、歌春、和吉、捨松去る。
　信助、廻廊まで出て見送る。見定めてから須弥壇の方へ――。

信助　初音――初音――そこに居てるか。

　初音、歩み寄る。

信助　よう居てくれた。よう居てくれた――。お前を離しとうない。いっそ小舟へ乗って、お前とあの糸栄をつれて、遠い海へ流れていきたい。誰も追うてこんところへいきたい。

初音　そないな小舟があるのやったら、わたしもいきとうござります。お日様が昇り、お日様が沈み、夜はお星さんがわたしたちを見てくれはるやろ。そないな世界がもしあるのやったら――。けどそれは夢の物語ですやろ。

信助　夢――。お前とここで逢うたのも夢か？　夢と思えというのんか。

初音　信さま。わたしは森の奥から人里へ、あくがれて来た葛の葉の白い女狐《めぎつね》。――あなたは道で行逢うた見知らぬ旅のお人。――なんとしてこれが夢でありますやろ。

信助　初音。ここがお前の生れたとこなら、わしもここで生れたのや。

信助、初音を抱きあげて須弥壇の奥へ消えて去る。

境内へ幼女を連れた女巡礼が鈴を鳴らしながらくる。堂の前にひざまづいてしばし祈ってから去る。

船唄（その二）

〽沖をこぎゆく　あの小舟
誰《たれ》が乗るやら　遠くなる
家《いえ》に待つのは　親か子か

いとしい妻も　待っていよ
わしは磯辺の　波の上
待つ人もない　捨小舟《おぶね》
波間によせる　藻をひろう
憎や玉藻に　身は濡るる
風よ吹くなよ　心が凍るよ〜

（転換）

（その二）

筑前屋裏座敷（前場より数日後）

灯ともし頃。表座敷の方で数人の男たちが謡曲「百万」の稽古をしている声。庭づたいに（倉の方から）平兵衛が面箱を大切そうに抱えてきて座敷へあがる。——箱をひらいて女面（深井）をとり出して眺める。
お浜がくる。

平兵衛　どや、見事なものやなァ。さすが先代の平兵衛様が、大金払うて、京の面打師に作らせはっただけのことはあるやろ。
お浜　そうやそうなけど、どこやらうす気味わるうて、わたしはよう好きまへん。
平兵衛　気味わるい？　どこがや。
お浜　その両目の穴がいやですねん。その奥から、恨みがましう、ぢいっとこっちゃを覗いてるようやありまへんか。
平兵衛　阿呆やなァ。（笑う）これは名ァを「深井」というほど、深ァい井戸の中を覗くような、底知れん女の思いのこもったものやがな。（顔へ当てる）どや。
お浜　おおいやらし。あんさんやったら、金が欲し金が欲し、金はどこやと底知れん思いがこもってますわ。
平兵衛　阿呆。わしが金儲けしてるさかい、お前らにも贅沢三昧さしてるのや。明日のお能の集まりかてそうや。唐崎寺の舞台が、だいぶ傷んできたさかい、頼む頼むと町の衆が言うてきよる。わしが金出してやって、あない立派に手入れさしたんや。この世で金の無いもんは、首の無いのんと同じじゃ。
お浜　さよか。あんさんもこの町では、ほんまにお偉いさんにならはったものや。わたしと婚礼した頃のあんさんとは、別のお人のように変らはった。
平兵衛　変らいでか。わしはこの筑前屋の丁稚奉公から叩きあげて、お前の親父様の眼鏡に叶うて、お前の婿はんに取立ててもろた。六代目平兵衛を名乗るからには、筑前屋の身代を二倍にも三倍にもしてみせな、やっぱり丁稚あがりやと、後指さされるのんが口惜しいのや。
お浜　（冷たく）お蔭さんでこの家も、えろう盛大にしてもらいましてんなァ。あんさんの後姿に、手ェ合せて拝まな罰が当りますやろ。――どうやら謡の稽古が終ったようや。お膳でも出しまひょう。

番頭、廊下で〝ご免下はりまっせ〟と、能衣装を入れた箱を持参して入る。

番頭　ご寮さん、能衣装が届きましてございります。
お浜　そら間に合うてよかった。こっちゃへ寄こし。
番頭　へい。
お浜　間に合わなんだらどうしょうと思うていたとこや。（衣装を調べる）
番頭　旦那さん。明日のお能の集まりの用意は、これですっかり整いましてございります。

平兵衛　ご苦労やった。それから、瞽女たちは呼び戻いたか。
番頭　へい。隣町で追いつきましてん。明日は必ず参じますそうでござります。
平兵衛　ええやろ。どうせ旦那芸のお能や。退屈にきまったるさかい、前とあとは瞽女たちに唄わせて、取合せを賑やかにするんや。
番頭　へい。町方の旦那衆も、船方衆も、たいそう楽しみにしてはります。
平兵衛　よし。
番頭　ほんならご免下はりまっせ。（去る）
お浜　瞽女たちまで呼び戻しはるのんでっか。また物入りでんなァ。ま、女は口出さんときまひょう。
平兵衛　物入りやて、お前こそそないな高いもん、新しう作らせたんか。古いのんが倉にあるやろが。
お浜　渋いこと言やはるなァ。古いのんはもうだいぶいかんようになってますえ。これくらいのもん万次郎に買うてやったかて、よろしやありまへんか。明日、シテを舞うのんは万次郎でっせ。みとむない恰好させられしまへん。

万次郎が入ってくる。少し遅れて信助も入る。

信助はどこか傷悴した感じ。

万次郎　ああしんど。師匠にえらい絞られよってもう。何遍でもやり直しやり直しや。

ああしんど――。

お浜　そないに厳しい稽古つけはるのんか。

万次郎　手ェの形がわるい、足の踏みようがちごう、腰が入ってへん、あれでもあかん、

これでもあかんや。

お浜　せやから気張って稽古したらええがな。お前らのお祖父様《ぢぢ》は、若い時から能の巧者で、京まで登って修業しなはったほどや。お前も信助も五つ六つの頃から、お祖父様に仕込まれたんや。そないに下手な筈はありまへん。ほれ、見ておみ。京へ誂えたシテの装束が届いたる。これ付けて、舞台に出たと同じい心構えで、ま一度稽古してみなはれ。

万次郎　そやなァ、そらええやろ。さすがおふくろ様や。おおきに、おおきに。

お浜　（笑う）ほんならあっちゃへいて、着付け手伝うたげよう。

万次郎　頼んまっさ。

お浜、万次郎、衣装箱、面箱を持って去る。

平兵衛　気楽なやつらや。わしの稼いだ金をなんぼでも使いよってからに。
信助　……。（去ろうとする）
平兵衛　信助、どないしたんや。なんぞほかに用でもあるのんか。
信助　いや、別に用はありまへんけど――。
平兵衛　なら、まァ坐りいな。ちっと話したいこともあるのや。お前、この三日四日というもん、どこぞ気合いでもようないのんか。顔色も冴えんし、わしらと話もようせんやないか。なんぞ気に入らんことでもあるのんか。
信助　いや、そないなことはありまへん。
平兵衛　ほうか――。それならええが――。
信助　親父様。わしは一日も早う、江戸へ去なしてもらいます。今日明日にもと思うたのやけど、明日は万次郎がシテを舞うよって、地謡に出てやらななりまへん。それが済み次第、おいとまさせてもらいまっさ。
平兵衛　お前を引留めたんはわしやが、話というのんもそのことや。江戸の出店は、番頭の金兵衛が確り者やし、委せておいても大事ないやろ。お前かわしが、時おり見

　廻りにいたらええ。
信助　ほんならわしはどないなりますのや。
平兵衛　そこや。実はな、お前も知ってる姫路の播州屋、若狭の敦賀屋と、下相談がまとまって、松前へ出店を出そうと思うてるねん。
信助　松前いうたら、蝦夷地《えぞち》の松前でっか。
平兵衛　そや。あこはどでかい新開地や。男の度胸と才覚が、なんぼでも伸ばせる世界や。
信助　そうやそうな。（心が動かない）
平兵衛　この企てには、お前が無うてはならん片腕や。江戸へはもう行かんでええ。ここに居てくれ。
信助　……親父様、その片腕には、万次郎がよろしのと違いまっか。わしは、そないな大仕事には向きまへん。
平兵衛　なんやと！　（気色ばむ）
信助　万次郎は根っからの怠け者やありまへん。親父様の仕向けようで、存外、ええ商人になりますやろ。
平兵衛　信助、お前はこの家の総領息子やぞ。筑前屋の跡取りやぞ。

信助　そら世間の慣習《しきたり》というだけでっしゃろ。わしは分家させてもろて、おのれの身丈に合うた暮しがしたい思いますねん。

平兵衛　お前、そないな意気地なしにいつなった！

信助　腹立てはらんと聞いて下はり。わしは小童の頃から、いつも親父様の命令《いいつけ》どおり、ただ温和《おとな》しう、律義に働いてきよりましたが、そらわしのほんまの気持やありまへんなんだ。この筑前屋からも親父様からも離れて、自分ひとりになりたい、そない思うてきましたのや。

平兵衛　呆れてものも言われへん。お前、正気で言うてるのんか。

信助　これがわしの本心ですねん。いつか一度は、親父様に言わねばならんと思うていたことや。

平兵衛　（優しく）お前、やっぱりどこぞ加減がようないのや。ほで、そないな気ィの迷いが出てきよるのや。まァええ、また改めて話すとしょう。どや、夜食にいかんか。（行きかける）

信助　…………。

庭の方で三、四人の男たちの言い争う声。血相を変えた和吉が駆けこもうとする。それを制止する番頭、手代。和吉を引戻そうとする職人の弥助。揉合って庭へ転げこむ。

弥助　あかん！　あかん！　やめろ！
番頭　乱暴や！　役人呼びまっせ！
和吉　万次郎はどこや！　万次郎に会わせろ！
弥助　あかん言うたら分らんのか！
和吉　よけいな止めだてすんな！
平兵衛　騒《そう》がましい！　静かにせんかい！

男たち、一瞬、気をのまれる。

平兵衛　人の家へ暴れこんで来くさるからには、なんぞ言いぶんがあってやろ。静かに言うても分ることや。
和吉　万次郎に会いたいのや！　どこや、どこにいるんや！
平兵衛　いま呼んでやるわい。けど、万次郎はわしの倅や。親父のわしが、先づ理由《わけ》を聞こうやないか。言うてみい。

和吉　ほかのもんには分れへん。わしは、わしは――。（怒りに慄えて言葉をのむ）

平兵衛　まァ落着け。お前も男やろ。男らしう、筋道立てて言うてみ。

弥助　和吉、ともかく戻るんや。な、帰ろう。

和吉　かもうな！　放っといてくれ。わしは瞞されたんや。恥かかされたんや。わしの顔に泥ぬりくさって――。（怒りの涙がにじむ）

お浜が急いでくる。

お浜　なんですねん。大きい声たてて――。お前、和吉やな。つい四、五日まえに、ここで歌春と仮祝言させてやったばかりや。いうたらここは仲人の家やで。

万次郎、「百万」のシテの衣装を付けたまま、面を手にしてくる。

万次郎　なんや、さっきから万次郎、万次郎て――。やかましなァ。

お浜　お前、出たらあかんというのんに――。

万次郎　かめへん。和吉、なんぞ用か。
和吉　万次郎！（とびかかろうとする）

弥助、番頭、必死に抱きとめる。

和吉　汝《おどれ》、歌春になにしくさった！　言え！　言え！
万次郎　わし、なんもしてへんで。
和吉　嘘や。昨日、わいの留守に来て、歌春と逢いびきしくさったやろ。歌春はわいの女房やぞ。
万次郎　昨日のことか。お前の家のそば通ったさかい、どないしよるかなァ思うて、声かけてみたのや。門口《かどぐち》で挨拶しただけやぜ。そんなん逢いびきやあらへん。
和吉　嘘ぬかせ。汝は、歌春と三年まえから、わけがあったやろ。歌春が白状したんや。なんもかも白状しくさった。
万次郎　白状した？　――そうか。よっぽどお前、ねちねちひつこく歌春を責めたんやろ。女になァ、そないなこと白状させるのんは、よくよく阿呆な男のすることやで。
和吉　ど畜生！　汝と歌春が、わいをぺてんにかけくさったんじゃ。

万次郎　わしはなァ、極道者やけど、嘘つきやないぜ。歌春はわしの女やった。惚れていたわい。わしもお前のような裸馬やったら、とうに歌春を嫁にもろていたやろ。お前なんぞにやりゃァせんわい。

和吉　殺したる！　殺したる！

万次郎　喧嘩ならいつでも買うたるで。今はこないなもん着てるさかい、まァやめとこう。せっかくおふくろ様が新しう作ってくれはったんや。

和吉　歌春を、歌春を、どこへ隠しよった。どこへおびき出したんじゃ。言え！　ぬかせ！

万次郎　そらなんのことや。

和吉　行方知れずになったんや。汝が手びきしたにきまったる。言え！　ぬかせ！

万次郎　ほんまか？　――そらあかんわ。女は気ィが小《ち》さいよってなァ、身ィでも投げなええけど――。そや、わしも探しに行ったるわ。（衣装を解きかかる）

和吉　汝のせいや！　わいと歌春をこないにしくさって！　歌春を返せ！　女房を返せ！　この外道！　殺したる！

和吉、座敷へとびあがって万次郎につかみかかる。信助、体当りして庭へ突き落す。

平兵衛　ええ加減にせんかい！　どないな理由《わけ》かと黙って聞いておれば、たかが女のことで仰山な。和吉は今後、筑前屋へは出入差止めや。まだ喚《おめ》きよるなら、この土地ではめしの食えんようにしたるぞ。それでええなら、なんぼでも喚きよれ。

和吉、庭に倒れたまま、口惜し泣きに泣く。信助、番頭と弥助をうながし、泣きもがく和吉を連れ去らせる。

お浜　おとろしい男やなァ。どないなことになるかと思うたえ。

万次郎　けったいなやっちゃ。

平兵衛、万次郎を殴り倒す。信助、おどろいて父親を抱きとめる。お浜、万次郎を背にかばう。

信助　親父様――。やめなされ。

平兵衛　恥さらしの極道者！　離せ！　叩きのめいてくれる！

信助　やめなされ！　万次郎かて阿呆やありまへん。もうやめなはれ。

平兵衛　人の女房に手ェ出しくさったら、勘当やぞ。よう覚えとけ。お浜がほいほい甘やかし放題に育てよって、こないなぐうたら者にしよったんや。

お浜　ほんなら万次郎を叩きはらんと、わたしを叩いたらよろしやろ。わたしもええ母親とは言えまへん。あんさんは稼業というもんを持ってはる。けど女には子供のほか何んにもありまへんよって、分っていながら甘う育ててしもて——。（涙が出る）

信助　親父様も、おっ母様も、もうよろしやろ。あまり大事にならんと済みましたのや。

平兵衛　万次郎。お前は当分、外へ出たらあかんぞ。また和吉と喧嘩でもしくさって、どない騒ぎを仕でかすか分らへん。家にすっこんどれ。ええか。

万次郎　ほならそないしますけど、これはどないしまひょう。（衣装をつまんで）明日、わしはシテを舞いますねんけど。

平兵衛　やめにせえ。

お浜　せやけど、急にとりやめいうわけにもいきまへんやろ。もう町中に触れたァるし——。

平兵衛　そや。信助、お前、舞うてみんか。
信助　わしは――。ちっと無理でんなァ。ろくさま稽古もしてへんし、いきなりそない言われても――。
平兵衛　どうせ旦那衆の楽しみに舞うたり謡うたりする集まりや。お前やってみい。
万次郎　せやなァ。ほんまいうたら、兄さんの方がわしより巧者なんや。

万次郎、さっさと衣装を脱ぎはじめる。お浜、手伝う。普段着を出す。

信助　思いもよらんことになってしもうた。
万次郎　兄さんは江戸に居てはっても、師匠について修業してはったんやろ。
信助　ほかに楽しみもないさかいな。けどお前も、せっかく稽古に精出していたのんに、つまらんな。
万次郎　かめへん。ほとぼりのさめよった頃にやりまっさ。けど、親父様はえらい力ありはるなァ。ふっとばされよってん。あない殴られたのんは生れて初めてやね。
平兵衛　阿呆――。（苦笑して去る）
信助　わしも俄稽古せなならんけど、師匠はまだ居てはりまっか。

お浜　離れでお夜食してはるえ。
信助　ほんなら——。（衣装と面を持って去る）
万次郎　よろしゅう頼みます。えらい済んまへん。よろしゅう——。
　　お浜、万次郎の羽織を出して着せる。
お浜　なァ万次郎。お父様を恨んだらあきまへんえ。きついこと言やはっても、やっぱりお前のため思うて言うてやさかい。
万次郎　分ってま。——けどなァ、さっき和吉が言うてましたやろ。歌春が行方知れずやて。
お浜　夫婦喧嘩のもつれや。ようあることやがな。それをあの和吉たらいう亭主、血相変えて気ちがい沙汰や。あない気ィの狭い律義者は、ちょこっとしたことに思いつめるもんやけど。
万次郎　歌春、どないしたやろ。家とび出したかて、いくとこあらへんわ。可哀そやなァ。
お浜　（厳しく）人の女房の心配せんかてよろし。さっき叱られたのん忘れてか。

万次郎　そんなんとは違いまんね。女というもんは可哀そやということですねん。女いう中には、おふくろ様かて入ってるのでっせ。

お浜　万次郎――。

表座敷で謡曲「百万」の稽古始まる。

〃げにや世世《よよ》ごとの親子の道にまとわれて。親子の道にまとわれて。なおこの闇を晴れやらぬ。

朧月《ろうげつ》のうす曇り……〃

（転換）

（その三）

唐崎寺境内　能舞台のある広場

地面の蓆席に糸栄、初音たち瞽女が出番を待っている。

見物衆たちも芝生に蓆などを敷いて見物している。

幕あがる前から能「百万」がすでに演能されている。
幕あくと、シテ（信助）、舞台で「笹の段」を舞う。
地謡の中には平兵衛も紋服、袴で加わっている。囃し方など、いずれも土地の旦那衆が勤めている。

げにや世世ごとの親子の道にまとわれて。親子の道にまとわれて。なおこの闇を晴れやらぬ。

シテ　朧月のうす曇り。

わずかに住める世になお三界の首枷かや。牛の車の常《とこ》とわにいづくをさして引かるらん。えいさらえいさ。

シテ　引けや引けやこの車。

物見なり物見なり。

シテ　げに百万が姿は。

もとより長き黒髪を。

物蔭から走り出た和吉、〃万次郎！〃と叫んで舞台に駆けあがる。

和吉　万次郎！　思い知れ！　（手に隠し持った硝酸銀の毒壺をシテの面に叩きつける）

信助、叫んでよろめき倒れる。
和吉、総立ちになった人々に短刀をふりまわしつつ走り去る。
平兵衛、信助を抱きかかえる。面が落ちる。

平兵衛　医者を呼べ！　医者を呼べ！　医者を！

平兵衛と舞台上にいた人々、信助を抱え上げて揚幕に入る。
医者を呼びに走る者。筑前屋へ走る者。和吉のあとを追う者。〝和吉をとらえろ！　役人を呼べ〟などと走り去る。
糸栄、初音、恐怖と愕きで立ちすくむ。

…………

揚幕から蒼白になった平兵衛が衝撃で言葉も出ない様で出てくる。――舞台

　　にどっと膝をつく。

平兵衛　(呻くがごとく)信助――。信助――。(床を叩いて男泣きする)

　　万次郎が走ってくる。

万次郎　親父様！　兄さんが倒れはったと！

平兵衛　(揚幕の方を指す)……。

　　万次郎、揚幕へ急ぎ入る。地謡の男、医者の手を曳いて駆けてくる。急いで揚幕に入る。

　　お浜、息を切って走ってくる。

お浜　信助が、信助が、どないしましたのや！　どこにいますのや。

平兵衛　女は、みたらあかん。みたらあかん。

お浜　ええっ！

平兵衛　和吉が、毒壺を投げよった。信助は――。（涙で声が途切れる）
お浜　信助を――和吉が――。ほんなら和吉は、万次郎と思うて、信助を！
平兵衛　（うなづく。床を叩いて絶句）……。
お浜　（茫然とする）……。
初音　お母はん、信さまが――。
糸栄　初音、初音――。
初音　信さまがどないしましたのや。旦那様、聞かせて！　聞かせて。
糸栄　命に、命に別条はござりませぬか！
平兵衛　命は、助かるやろ。助かるやろけど――もとの信助には戻らんわい。（涙があふれる）

初音、低く叫んで倒れかかる。

瞽女たち、初音の名を呼びながら支え、蓆に横たえる。

揚幕から地謡の男、急いで来て、平兵衛に何か囁く。平兵衛、急いで揚幕へ入る。地謡の男も入る。

境内の奥で人々の騒ぐ声。

深傷《ふかで》を負った歌春が、よろめきながらくる。

歌春　お母はん――。
糸栄　お前、歌春か――？　どこや、どこにいるのや。（さぐり寄る）
歌春　お母はん――お母はん――。
糸栄　歌春。なんとした！　なんとした――。
お浜　（駆け寄る）歌春――。
歌春　万次郎はんは、ご無事か。
お浜　おお、無事やで。
歌春　会わせて――会わせて。

お浜、揚幕の前まで急いで低声にいう。

お浜　どなたか、万次郎を呼んで下はれ。早う願います、万次郎を。
糸栄　誰がこないな酷《むご》いことを――。しっかりしいや、しっかりしいや。
歌春　……お母はんや、姉さんのそばに居てたらよかった。万次郎はんに会わせて――。

糸栄　もう来なはる、もう来なはる。

　万次郎、揚幕から出る。

お浜　あこや。早う――。

　万次郎、駆け寄る。

万次郎　歌春――。誰に殺《や》られた、和吉か。
歌春　（うなづく）……。けど、和吉はんが悪いのやない。わたしのせいや。嫁入りしても、わたしの思うていたのんは、あんさんひとりやった。
万次郎　歌春――。
歌春　会いたかった――。
万次郎　死んだらあかん、死んだらあかんで。
歌春　万次郎はん――死にとうない――。（息絶える）
万次郎　死ぬな、死ぬな、歌春――。（泣く）

糸栄、泣く。

人々、恐る恐る集まってくる。驚きと好奇の目で遠くとりまく。

揚幕から平兵衛の肩にすがって信助がくる。

焼かれた両眼を覆う白い包帯。ざんばら髪。

…………

人々の驚きのざわめき。

お浜　信助――。（立ちすくむ）

初音　信さま――信さま――。（さぐり寄る）

信助　初音――初音――。（さぐり寄る）

初音　……（信助の胸から肩、顔と手を触れて行く。低く叫ぶ）……お眼を――お眼を――。

信助　……なんにも見えぬ。まっ暗な闇夜があるだけや。

初音　どうしょう……どうしょう。（すがって泣く）

信助　……泣くな。これでええのや、これでええのや。嘆くことはなにもあらへん。まっ暗な世界になって、わしにはお前がよう見えてきた。——お前が見えてきたよって、わしにはおのれも見えてきたのや。——これでええのや。もう泣いたらあかん。

初音　けど、あんまり酷たらしうて、切のうて、生きた心地がせえしまへん。神も仏も居てはらんのや。あんまりや、あんまりや——。

信助　そうやない。こないな運命《さだめ》に遭うことは、わしの生れよった日よりも、遥かな昔から、足音も立てんと忍びよっていたのやないやろか。——もとのわしは、目ェはあいて居てたが、なんにも見てはおらなんだのや。

初音　いっそ死にたい——。わたしも、あなたの禍《わざわい》の因《もと》になったひとりや。罪深う生れてきたとも知らいで、あなたと逢うてしもうた。こないな女は、生れてこなんだらよかったものを——。

信助　わしと一緒に生きるのや。生命《いのち》の果てる時がくるまで生きるのや。わしらのような、こぼれ落ちた人間にも、乗るほどの小舟はあるやろ。わしと離れてくれるな。

初音　信さま——。

信助　もうひとり、この小舟に乗ってくれはるお人が居てはる。どこに——どこに——。

お浜、糸栄の手をとって行く。

糸栄　信助！　会いたかった——会いたかった——。いつかお前に会うて、ひとこと詫びを言わねば、死ぬにも死なれん思いで生きてきた。信助、これが、罪深い母の手ェや。（泣く）

信助　おっ母さん。——もう、泣きはるな。わしは両の眼《まなこ》を失うて、母と女房をもろたのや。仕合せに出会うたのや。——親父様、また、育てのおっ母様のご恩はよう忘れまへん。けど、もとの信助は死にましたのや。わしはこの母と女房の棲家やという、千年の森へ去なしてもらいとうござります。

お浜　信助——。（泣く）

平兵衛　お前の心のままにするがええ。

信助、両脇に母と妻を確かめる。

平兵衛、声を殺して泣く。万次郎、〝兄さん——〟わっと泣伏す。

番所役人がくる。あとから弥助ほかの職人たちが、戸板に乗せた和吉の死体を運んでくる。

役人　筑前屋信助に深傷を負わせた下手人和吉は、女房歌春を殺害して、おのれも自害して果てよった。このような科人《とがにん》の死骸は、歌春もろとも、非人頭に引渡せ。

万次郎　お願いでござります。せめて歌春の葬式《とむらい》は、この筑前屋万次郎に出させて下はりまっせ。お願いでござります。

役人　ならんならん。ご法度ぢゃ。死骸は北山の谷底へ投捨て、鳥獣《とりけもの》の餌食に委せい。どけどけ！（鞭で追払う）どけどけ！

悲田院法師と信徒たちが来る。

悲田院　役人衆。この者たちも死すれば仏や。遺骸の野辺送りはわれらが勤める。北山の丘で茶毘《だび》に付し、骨は人知れぬ処に埋めて小さな塚を築き、せめてこの者たちの恨みを鎮めてやらねばなりまへんやろ。

信徒たち、歌春と和吉の死骸をそれぞれ薦に包み、数人で担ぎあげる。悲田院を先きに、和讃を唱えながら歩き出す。見送る人、それぞれに――。

音楽。

――幕――

●作者のことば

開幕を前にして

雪深い越後高田に瞽女さん一家を訪ねたのは昭和四十六年（一九七一）の一月で、しんしんと冷えこむ雪の夜に、三人の瞽女さんは弾き語りで「葛の葉子別れ」を聞かせてくれた。単調な曲節のくり返しのようでいて、微妙な旋律の変化が、胸に浸み透るようだった。いつか忘れかけていた遠く奥深く埋れていた人間の情念を呼び出すような妖しい音色にも聞えた。

それからほぼ十年の後に、その夜聞いた「葛の葉」をこの作品に登場させる機縁がきた。劇中の三人の瞽女は、いうまでもなく実在の高田瞽女さんとは無関係である。雪の越後ではなく、海も空も澄んだ南国の港町へ、私の想像の瞽女たちは旅をしてきた。

元禄という時代をおおまかな括り方でいえば、日本が封建社会から近代社会へ移行する起点となった時代といえよう。経済と文化の発展、商人階層の活躍と庶民生活の向上などの諸相が明らかな姿をとって登場した。われわれが元禄という時代に興味を持つのはそのためであろう。しかしまた、家格の上下や職業による貴賤の差別、性による差別などの制度化も定着して、幾層にも重なる身分制社会はいっそう固定化の方向をとった。きらきらした繁栄の陰にあって、権力からの距離の遠い者ほど、現世の歪みを負って生きることは元禄も昭和も基底において変ったとは思えない。歴史をみることは、現在と過去との対話であるという意味でも、この作品を元禄期において捉えた。

時代の民衆の心象を端的に現わすものとして、作品中に伝承的な民俗歌曲、詠唱念仏、和讃、謡曲などを用いた。それらの現代での流れとして演歌の船唄その㈠、その㈡を作詞したが、いずれも古典歌謡の呼吸を参照してある。

また、乞食集団のような迫害視される念仏信徒の群は、空也一遍の流れとして、時代考証にとらわれない形で登場させた。文盲者の多かった底辺民衆に支持された念仏信仰者は、社会から閉め出された者、こぼれ落ちた者を吸収し、行路死亡者や山野にうち捨てられた無縁の死者の埋葬に奉仕したことはよく知られている。私は昨年来、加古川の念仏寺や藤沢の遊行寺などを訪ねながら、人間の生と死をみつめ直すものとしての宗教の根源に目をむけることによって、根深い人間差別に光を当てることができるのではないかと思った。

制度化した身分差や盲目という欠落、母と子の血の誘引というような求心的なカセを登場人物たちに与えたのも、物質や欲望との密着から、人間精神を解き放してみようとしたからである。

この作品はかなり以前から私の懸案になっていたものだが、具体化したのは昭和五十四年春の「近松心中物語」の公演が終る前後からだった。いうところの「新劇」とか大劇場演劇とかいう区別を私は持たないが、「近松心中物語」の演出で優れた舞台の形象化に成果をあげた蜷川幸雄氏が再び演出を担当して下さるということなので、執筆を約束した。

初めは、ほぼ同じ出演者スタッフが予定されているという仕事は、私にはかなり勝手のちがうものだったので、渋滞し勝ちだったが、しかし思い切って書き始めてみると、そんなことは全く気にならなかった。むしろスタッフも出演者も分っていることが、私には強い支えにすらなった。とくに演出家に対する信頼感は自然な推進力になった。

しかし私の作家的体質のためとはいえ、せりふは削れる限り削り、ト書は短い上にも短くしてしまうので、演出家と俳優さんたちには負担をかけるものになった。もしも舞台的な欠点が生じたとしたら、それは作者の負うべき責任である。

完稿してから、スタッフの人々と制作部の人々の協力と推進には心から感謝申上げる。また、劇中歌の唄い手として、美空ひばりさんが快諾して下さったこと、新しくスタッフとして三味線指導の杵屋栄三郎氏、能楽指導として金春流の桜間金太郎氏が協力して下さるなど、制作部の努力によって、望み得る最高の構成が整えられた。作者としてこの上の仕合せはない。今は公演の成功を祈るだけである。

（一九八〇年「帝国劇場初演公演パンフレット」）

解説
方言からにおい立つイメージの力

演劇評論家
山本健一

一読してすぐ感じることだが、秋元松代の戯曲には方言の豊かなうねりとリズムがある。読みながら、あるいは舞台を見ていると、ゆったりと言葉の海に身を任せているような至福に包まれる。『常陸坊海尊』の東北の言葉、『近松心中物語』と『元禄港歌』の江戸期上方言葉。他の戯曲では『芦の花』や『もの云わぬ女たち』の北関東なまり、『山ほととぎすほしいまま』『村岡伊平治伝』『マニラ瑞穂記』『かさぶた式部考』での九州各地のお国言葉、『七人みさき』では土佐の言葉をもとにしている。

緻密で完全主義の秋元は戯曲を書く時に、まず舞台とする土地の方言を集めて吟味し、手製の方言辞典まで作る。こうして方言に習熟していくと、秋元の脳内で劇中人物がしゃべりたがり、勝手に話し出すそうだ。あとは劇的なニュアンスをほどこし、秋元独自の方言が生まれる。「方言、言葉から入っていく以外に私には手段はない。民衆の生きた言葉を尊重しない限り、民衆をとらえることは不可能。方言には歴史が、風土が、生産形式がかかっている」と、ある座談会で語っている。

一方、方言を使った台詞で有名な戯曲に木下順二の『夕鶴』がある。木下は方言という言葉には地方を見下したニュアンスがあるとして地域語という言葉を使った。ヒロインの鶴の化身つうは、木下が地域とは無縁に日本的なるものを表現しようとして創造した、詩や音楽に近い「純粋な日本語」を使う。しかし、金銭欲にまみれた世俗の男である与ひょう、惣ど、運ずは地域語を使う。これとても特定の地域の言葉ではなく、農民的なにおいがあるいくつかの地域語の共通した要素を抽出したものだ。木下の場合、二つの言葉の使い分けは、人同士の断絶や、言論の自由が束縛された状況を表現する極めて理知的な作業だった。透明な装置だ。

これに対し秋元の方言には人間の、運命の総体がかかっている。ロマンチシズムとリアリズムの肉が分厚い。しかもその重量を意識して見せずに、さりげない台詞の端々に忍ばせる態のものだったから恐るべし。台詞とその行間からは、庶民の暮らしや風土、生きる思いが美しく、厳しくにおい立ってくるのだ。民衆劇詩人である所以だ。

収録された三作品を読むと、秋元がかつて耽読し親しんだ古典の華麗で均整の取れた衣をまといつつ、現代演劇の鋭い問題意識と実験的な方法を秘めていることに気が付く。

まず『常陸坊海尊』。一九六〇年にラジオドラマとして書かれ、六四年に戯曲になり、六七年に演劇座・高山図南雄演出により初演された。ラジオドラマは芸術祭賞ラジオ部門脚本奨励賞、戯曲は田村俊子賞、六八年の再演舞台でも戯曲は芸術祭賞を受賞した。秋元はこの一作で、リアリズム演劇全盛だった戦後演劇史を塗り替えた。

柳田國男の著作に触発されて常陸坊海尊という民間伝承上の人物を現代に蘇らせた。彼に異なった時間と場所をスリリングに越境・侵犯させ、それぞれの時空間が成り立つ自明とされる前提を揺さぶり、批評する存在にしたのだ。室町時代の軍記物語『義経記』をそらんじて主君義経を語り継ぐ漂泊の琵琶法師として七五〇年の長命伝説を生きた敵前逃亡犯、「ごめんけえ」と土間の戸をあけて敗戦直後の闇屋風の身なりで名台詞を放つ第二次大戦中の敗残兵、高度成長期の定年退職者、そして罪を犯して生きざるを得ない弱い人間として舞台に四度登場させた。伝承や軍記の物語世界の層と、近現代の歴史層を、海尊という象徴身がズブリと串刺しにする。

言葉を変えれば、中世の神話をおもわせるフォークロアの時間と、第二次大戦から戦後復興していく近現代の時間とを二重に写して、圧政下に苦しむ民衆と、絶対天皇制に縛られた戦時社会の構造を描いたのだ。この時民衆は罪を犯す弱者であり、他者の罪を引き受ける強者でもあった。我もろともに罪びとである。海尊は多義的で切実な存在として東北の風土に立ち現れた。

　この方法の変革は、菅孝行が喝破したように期せずして「新劇的な時間の単層性の呪縛を脱し、（中略）演劇の新たな時間構造の転位の最先端に単身合流した」（『想像力の社会史』未來社、一九八三年）。六〇年代実験演劇につながる波頭となり、三好十郎に師事してリアリズムの揺り籠から生まれながら、それを超えて現代に迫った。いわばアングラの姉の力を示したともいえよう。『常陸坊海尊』で見せた、昔を素材にして今を表現する秋元の力の源は、日本それ自体根っこに残るシャーマニズムを劇イメージのより所にして、社会構造を明晰に描くこと。干からびた即身仏のミイラは、日本の遺物として残る心情そのものを批評した、怪奇なイメージだった。

『近松心中物語』で秋元が見せたのも世界と人間を批評する精神だった。見慣れたことに違った新しい光をあてて、これまで見たこともないようなことに見せる異化する力だ。戯曲は近松門左衛門の世話浄瑠璃三本を秋元流に潤色してより合わせた。「冥途の飛脚」組は公金の封印を切った忠兵衛が捕縛される原作と異なり、忠兵衛と遊女梅川が純愛を貫き、ロミオとジュリエットほどの短い愛の日々ではないが、やはり時間を駆け抜けるように心中する。豪雪の舞う中、血潮にまみれて果てるエロスと死の悲劇として際立たせた。

あと二本の「緋縮緬卯月の紅葉《ひぢりめんうづきのもみじ》」と後編の「跡追心中卯月の潤色《いろあげ》」組は、心中に憧れる少女妻お亀の幼い一途な恋と、怖くて後追い心中できないダメ亭主与兵衛というペーソスあふれる喜劇カップルに仕立て直した。この対照的な二組の愛の行方を苦く見守る趣向だ。二つの中心を持つ楕円形の異化だった。近松のロマンチックな作劇を、井原西鶴の冷徹に世間を観察する見方を借りて、格差社会という現代に通じる目線で貨幣経済の残酷な仕組みをも暴く。古典の韻文と様式を、現代のクールな散文とリアルな演技に置き換えたのも、新鮮な舞台表現を生み出した。

七九年に東宝製作、蜷川幸雄演出により帝国劇場で初演されたが、アングラを飛び出した蜷川が商業演劇の牙城で演出し、スタッフ・キャストも新劇など現代演劇陣を配して、商業演劇の作りとはがらりと変えた。あれこれ対立するものを照らし合わせて統合し、別の新しい光景を生む。ただ、絢爛でいかがわしい芸能の力を蜷川は忘れてはいなかった。プロデューサーの進言もあり、原作の人形浄瑠璃で伴奏される三味線音楽と語りの芸の代わりに森進一に劇中歌を歌わせた。江戸庶民が愛した義太夫の哀調と、咽喉を振り絞るような森節歌謡に、民衆の悲しみを共に聞いたのだ。理性と感性の一致は秋元と蜷川に共通していた。

『元禄港歌』は八〇年にやはり蜷川演出により帝国劇場で初演された。古典や王朝文芸に惑溺した秋元らしく、古い物語や歌謡を引用した絢爛たるつづれ織りの戯曲だ。引用された断片は全体の物語に奉仕しながらも、それ自体で劇の独立した要素になっているのが秋元の冷静な工夫だろう。

『常陸坊海尊』と同じように、まずテレビ化している。ごぜを主人公にして七二年にNHKテレビから放映されたドラマ『北越誌』だ。より複雑になった戯曲に出てくるのは、念仏、和讃、三味線の弾語りで葛の葉子別れを唄うごぜの門付唄や、謡曲「百万」の詞章と謡。このような昔の語り世界や歌謡を、蜷川は「声のゴブラン織」と評する美空ひばりを起用して劇中歌を歌わせた。二つの時代の芸能で劇をつなぐ演出は、蜷川が芸能に日本の祖型を見る秋元戯曲の最良の読み手だったことを明らかにした。

秋元の作劇のポイントは永遠と瞬間の交差だ。ここでは醒めた異化ではなく、愛の様々な諸相を時に装飾的に描きカタルシスにもっていく古層が現れている。盲目のごぜ糸栄と生き別れの息子信助との親子愛や、信助とごぜの初音の愛、仮面夫婦の平兵衛とお浜の葛藤など七組の愛と五組の対立が絡まる。チエーホフの『かもめ』ではないが、恋、恋、恋の刹那が渦巻いている。その上で秋元は神話に連なる永遠の枠組みでドラマを縁どる。ギリシャ悲劇『オイディプス』を思わせる信助の失明。彼は完全な闇の世界で新たに愛を手に入れ、自分探しの旅に船出する。このとき漕ぎ出す海は永遠の喩になり盲目の一行を受け入れる。小舟は沈没して信助らは藻屑となるかもしれない。あるいは新たなる天地を見出すかもしれない。絶望と希望。はかない現在と永遠との痛ましくも美しい照応。現世から離陸して宇宙へといたる秋元戯曲の力学だった。

あるいは三作品は旅立ちの戯曲とも思える。罪びとであることを自覚して懺悔の旅に出る第四の常陸坊海尊、群衆の中に紛れ込んでとにかく生き延びようと逃走する与兵衛、真の自分を見つめて船出する信助母子と恋人。秋元が歌う民衆への賛歌だ。

しかし秋元は自らの古層に陶酔しながらも現代劇作家の志を捨てているわけではない。社会に今も生きる苛酷な被差別の諸相を中世の衣をまとわせながら描いている。劇中登場する悲田院法師一行の姿は、社会から排除されている弱者そのものとして今に突きつけてくる。増える非正規雇用、低賃金や長時間労働の蔓延が法師一行の巡礼に重なる。

秋元はいつだって現代劇を書いてきた。越境・侵犯、統合と異化。ふくよかな方言を駆使し、甘美なロマンチシズムに濡れながら、胸中には現代演劇のギラリと光る刃を秘めて毅然と立つ孤高の姿が、収録された三作品から浮かんでくる。

初演記録

「常陸坊海尊」
一九六七年　俳優座劇場
演出＝高山図南雄

「近松心中物語」
一九七九年　帝国劇場
演出＝蜷川幸雄

「元禄港歌」
一九八〇年　帝国劇場
演出＝蜷川幸雄

本書収録作品の無断上演を禁じます。上演をご希望の方は、「劇団名」「劇団プロフィール」「プロであるかアマチュアであるか」「公演日時と回数」「劇場のキャパシティ」「有料か無料か」「住所／担当者名／電話番号／メールアドレス」を明記のうえ、〈早川書房ハヤカワ演劇文庫編集部〉宛てにメールまたは書面でお問い合わせください。

本書では作品の性質、時代背景を考慮し、現在では使われていない表現を使用している箇所がございます。ご了承ください。

本書は講談社から一九九六年に刊行された『常陸坊海尊・かさぶた式部考』と筑摩書房から二〇〇二年に刊行された『秋元松代全集　第四巻』収録作を再編集のうえ、文庫化したものです。

秋元松代《あきもとまつよ》

I

常陸坊海尊《ひたちぼうかいそん》
近松心中物語《ちかまつしんじゅうものがたり》
元禄港歌《げんろくみなとうた》

〈演劇 49〉

二〇一九年十二月 十 日　印刷
二〇一九年十二月十五日　発行
（定価はカバーに表示してあります）

著者　秋《あき》元《もと》松《まつ》代《よ》
発行者　早川　浩
印刷者　西村文孝
発行所　株式会社　早川書房
郵便番号　一〇一 - 〇〇四六
東京都千代田区神田多町二ノ二
電話　〇三 - 三二五二 - 三一一一
振替　〇〇一六〇 - 三 - 四七七九九
https://www.hayakawa-online.co.jp

印刷・精文堂印刷株式会社　製本・株式会社川島製本所

JASRAC 出1912314-901
ISBN978-4-15-140049-0 C0193

本書は活字が大きく読みやすい〈トールサイズ〉です。